雜誌人語

胡鼎宗 著

．自序

雜誌人的流光懷想

我很幸運。在期刊雜誌編輯歲月中，平安走過一萬三千多個日子退休交棒。

更幸運的是，軍職期間待在《新中國出版社》十五年餘的歷練、滋養、哺育，得以成長茁壯。那是一種機緣，也是一份感恩懷想。

出於感知，我試著寫出那段流光的人事變遷歷史，以及雜誌人的行路履痕。

書寫當時物事，點滴上心頭，只求心安，不問爭議；欲留青史在，心繫向陽處。

不少資料為歷年隨緣撰就，統整並見。提論或嫌陳腐，旨在提供各階段情境時空，鑒往知來；亦可收來者未必不可追之證。

王陽明先生說：「以言其誠偽邪正之辨，則謂之春秋。」搖筆利如劍，《春秋》明大義，秉春秋之筆是為系訓。願為暮鼓晨鐘，祈能振聾啟瞶。

身為具有軍事背景的雜誌人，文末是我書寫旅途的一個小駐足點。多年前，我出版了《悲劇英雄林則徐》後，友人建議應多增林氏軍事事略，因而成文，做為雜誌人的另一種弦歌不輟。

胡鼎宗 一一四・四・三十

目錄

卷二　文藝激光閃爍軍史長廊

卷三　在出版長河留些溫度

卷四　向林則徐先生致敬

卷一　吹響精神戰力號角

自古以來，文宣作戰為戰爭中重要的一環，殆無疑義。從中西方戰史中，可以明顯看出文宣作戰所佔分量，並不亞於軍事作戰的激烈廝殺；只是，看不見的戰爭對抗或許較被忽視，但往往注重精神戰力的一方，才是勝家。

國軍是能戰敢戰的勁旅，來台後設置專責單位進行文宣作戰任務，《新中國出版社》即為第一個以文字作戰的單位。將近五十年的努力，一直以吹響精神戰力號角為職志。

為《新中國出版社》寫一段歷史

民國七十二年九月一日，我調入《國防部出版社》任職。該社對外名稱為《新中國出版社》。

那一年，出版社有一變革，即是著有名聲的《新文藝》月刊宣布停刊，將部分文藝性稿件併入《國魂》月刊，更名為《國魂綜合》月刊，持續服務讀者。

《新中國出版社》為國防部建制單位，當時發行《勝利之光》、《國魂》、《吾愛吾家》、《奮鬥》、《革命軍》、《賞罰公報》等六種月刊，然而編輯部人員僅二十人不到，人力顯然不足；但由於是軍事單位，戰鬥力強，效率解決了困境。前三刊為對外發行雜誌，後三刊只在軍中出版。

至於《新文藝》月刊何以停刊？可能以經費縮減及任務改變有關。只是長期支撐國軍文藝書寫的園地驟然停刊，難免讓愛好者驚訝，連帶也使得推動的藝文活動少了舞臺，實令人不捨。

這本屢獲獎譽得到文藝界肯定的雜誌，日後曾多次有復刊之議，惜均未成，徒留憾事了。

出版社六刊均有其發行宗旨及使命，各行其事，有時亦相互支援。對內三刊都只一人主編作業，提供全軍做教材之用，繁忙及壓力可知；後三刊則題材多樣，除任務性文稿外，幾與坊間一般雜誌社工作內容相同，每月重覆著策劃、編寫、美工完稿、印製發行，內容卻需推陳出新。

當時，社內五刊（除《賞罰公報》外）每月都有統一編務會議召開，由各主編擬定下二月主題及內容在會議中提報。此一「主題會報」功能，沿襲經年，係業管單位召集相關人員指導，上級長官親臨指示後決行。

主題會報的重點，是各刊有否依據「正源專案」指示執行任務；顧名思義就是對邪說詖辭予以理性駁斥，並就政府施政重點多加宣導。正本清源乃是鞏固人心的必要手段，文字的力量教化於無形，因之，出版社責艱任重。

會報中，主題研討、修正、執行是重點外，業管單位禮聘專家品評各刊當期內容優缺點，收砥礪觀摩之效，亦使編務人員能自惕而日新。

出版社另有經理部門，掌理發行、廣告、人事、後勤、財務等事項，組構成一個密實且戰鬥力昂揚的單位。

・民國七十四年，出版社由圓山駐地搬遷至文化大樓營區，持續出版六刊，提供官兵眷屬優質精神食糧，為文化作戰奉獻心力。

而後幾年內，國軍為使官兵眷屬、征屬及公教人員家庭增加書香氣息，將以家庭婦女內容為主的《吾愛吾家》月刊，由原發行一萬餘本漸次增為三十萬本、六十萬本、一百三十萬本，成為全國發行量最大的雜誌。由於發行量擴增，出版社特別舉辦讀者聯誼大型活動晚會、讀者意見調查抽獎活動，成立讀者服務部門等事項，深獲讀者喜愛與支持。

數年之間，出版社工作日多，財務盈餘愈佳，是為出版社最為興盛榮耀的流光。

而後，《勝利之光》畫刊得到優良政府出版品金鼎獎殊榮，《國魂綜合》月刊亦獲行政院新聞局頒獎表揚，社務愈發蓬勃發展。

・民國七十九年，出版社迎來電腦化作業，編務與行政業務同步邁向現代化。

電腦化就是改變傳統作業方式，將那時方興未艾的電腦打字與電腦排版系統應用於編務中。承印作業的「國防部印製廠」亦逐步配合採行電腦化作業，將月刊從外到內的作業習慣，做出了完全不同於以往的變動。

所謂變動就是有了革命性的不同。運用電腦作業是銳不可擋的趨勢，不僅文編要學打字、要會約稿，美編更要熟悉鍵盤操作排版軟體，主要的是觀念要創新，才能在文化事業上闖出天地。

可惜的是，之後數年出版社人事升遷未隨電腦化開展加速異動，再加上國軍對幹部資歷、學歷的嚴格化，致使新進人員無法長期留社服務，造成人才斷層，改革契機逐步消退。

民國八十二年之後的出版社已然走入下坡，人事輪替停滯，新進聘雇人員素質不佳，編刊水準下滑。《吾愛吾家》接連降低出刊數量、《賞罰公報》移交他處、《奮鬥》月刊併入《革命軍》月刊、對外三刊內容精采度明顯不足。出版社在最應持盈保泰階段，反而自亂陣腳，減縮成發行四刊，終在國軍推動「精實」方案中，劃下句點。

·

民國八十六年七月，出版社奉令併編入《國防部青年日報社》，成為報社內的出版部。當初國軍最早創設出版單位，數度易名，而成《新中國出版社》，肩負文化宣傳與文化作戰使命，較之之後成立的報社，更具歷史意義；而今出版社反被併入報社運行；是時代不同，或是情勢使然？留待後人檢視研究了。

出版社遭併編改組後，編制愈小，出刊數量日漸減少。八十九年十月《國魂》月刊併入《勝利之光》畫刊、九十六年一月《吾愛吾家》月刊改成季刊出版，幾年後《勝利之光》畫刊停刊，內容分散置於《吾愛吾家》季刊和《革命軍》更名為《奮鬥》月刊內。而後《吾愛吾家》改版放大版本，改為雙月刊，《奮鬥》月刊為全彩印刷。

至此，原出版社發行七刊之盛，已成報社出版組編輯二刊之衰了。

個人在出版社服務時間甚長，併編至報社後任副主任兼《勝利之光》畫刊主編。退役後承社方不棄，每於重要轉折點約撰專文，特刊於後，以茲見證。

新文藝振國魂　美哉勝利之光

古今中外，歷史長廊映現出：一個國家民族能武藝、文藝並駕融合者，恆強；文武不配者，必弱。此昭明史冊，無庸置疑。

故軍中文藝之涵蘊傳播乃國之大事。民國三十九年國軍發行《軍中文摘》月刊，即是以文藝作品供袍澤閱讀，開啟視野，增強精神戰力之養分。時至今日，逢國防部《青年日報社》七十週年社慶之際，博古通今，論及昔日文藝扎根艱辛流光，為之欽敬與道賀。

·

文藝是一種生活，是一種力量；文藝工作者則是使我們生活精采，並有真善美底蘊的通暢渠道。我們分享著人文化成的薰冶，感恩著帶領我們前行的人。

《青年日報社出版部》前身是《新中國出版社》，為國軍出版單位重鎮，因任務需求歷經變革，均以出版優質期刊內容，服務官兵，擴及民眾。《新文藝》月刊即為該社頗受讀者青睞的月刊之一。

從《軍中文摘》到《新文藝》，十年間更名二次，當時主要提供園地創作，澆灌戰鬥文藝種子，讓文藝力量在嚴格的備戰訓練中，發揮激勵前導功能。從《新文藝》發刊詞，可得見雜誌的宏願直觀：「我們深知，文藝必成為反共復國事業向前邁進的動力，也惟有把文藝和反共事業相結合起來，我們的文藝才會有骨有肉、有血有淚，……」。

用智慧思考，以紙筆傾訴，當時愛好文藝的軍中青年，在《新文藝》的平台上盡情揮灑，而後才有國軍文藝大會的召開，國軍並制定推動綱要，確立「以倫理、民主、科學的理念為出發點，期能達到真、善、美的最高境界。」

《新文藝》月刊的作者大多是軍中作家，日後引領復興基地文風興盛、文教普及，功不可沒；而編輯團隊亦多能人輩出，爾雅出版社創辦人隱地先生即曾服務於此，末任主編王傳璞先生退役後仍熱中記錄文學人身影傳世，僕僕風塵，至死方休，令人欽敬。

・

與《新文藝》月刊同年創刊的《國魂》月刊，則是當時首屆一指的理論性刊物，對導正思想、匡正人心、振衰起弊、建立共識，起了巨大作用。這本當時由大學教授主編，多由權威學者專家撰稿的內容，雖有著剛性面貌和文字，不可否認的是在思潮引導下，成為了官兵與軍民的精神支柱。

反共抗俄年代逐漸遠去，《新中國出版社》每月出版七類刊物達到高峰。民國七十二年《新文藝》停刊，將內容減併納入《國魂》，更名為《國魂綜合》月刊，這是雜誌革新精進的新嘗試，也為文藝混同政論文稿開創新頁。

併編前的《國魂》月刊曾獲不少國家級獎譽，作家方心豫主編用心甚深，另位作家張作丞主編則打開政論雜誌新局，為《國魂綜合》月刊廣開言路。

值得稱許的是，主事者無私公正眼界，能促使刊物立於客觀論述角度，獲得佳評。如約請自由派學者胡佛教授撰稿，即為一例。

當時，復興基地經濟暢旺，民眾豐衣足食，言論市場大開，各類言論盈庭，引起關注與討論。《新文藝》的文學藝術作品，既可沖淡《國魂》原有嚴肅刻板印象，「綜合」之名又可稍減生冷面貌，刊物由之再造精進，成為最佳精神食糧。

民國七十六年七月《國魂綜合》月刊舉辦發行五百期慶祝茶會，是為一份雜誌長久發行、聲勢不墜的見證。而後，國內政治時空轉換，該刊遍訪政府首長，舉辦座談，讓民眾了解行政部門所做所為，更以清新專欄和優美散文拉近與讀者距離，成為雅俗共賞的綜合性雜誌。

．

事實上，《新中國出版社》出版刊物能歷久彌新、廣受注目的是《勝利之光》畫刊。這份大開本、彩色印刷、中英對照、內容藝文化的刊物，是國內畫刊優美化的先河，政戰學校藝術系早期畢業的老師主編，居功厥偉。

從一句話可以概括全貌——字與圖的軍事美學結合。《勝利之光》總是能牢牢吸引讀者目光，瀏覽大千世界和國軍演訓的各種視角，得到豐足與享受，也因此該刊能屢獲國內雜誌評審大獎，其來有自。

早期在名畫家焦士太先生主編下，《勝利之光》已是業界翹楚，名攝影家陳霽將軍承繼其後，焦點愈豐，名畫家唐健風先生主編時達於高峰，該刊英姿卓立，不遑多讓於坊間雜誌，實為國軍之光。

創刊於民國四十二年的《勝利之光》，於民國九十年將《國魂》部分內容併入，《國魂綜合》月刊走入歷史。民國九十三年十二月《勝利之光》發行六百期歡慶。一份雜誌能連續出刊數百期，工作人員薪火相傳、讀者鼓勵有加，是為主要原因。

如今，三刊早走入歷史，紙媒生存空間愈窄，如何提高大眾閱讀紙本興趣，為當務之急；唯編輯者當知如何提供優質內容，恐也是精進重點。願以《中庸》一句：「致中和，天地位焉，萬物育焉。」相加勉勵。

唯有「致中和」取向的刊物，才能帶來心靈的成長與豐美！

五十載流光行過　千萬張容顏交錯

五十年光陰，在人的生命長河中是由青壯漸臻熟成；而一本雜誌能連續發行五十年，閱讀流通亦是從小眾進而廣布。人與物能達五十之齡可喜可賀，半百流光之後通達豐潤，必將可期。

民國九十三年十二月是《勝利之光》畫刊發行六百期的欣喜月分。五十年不間斷出刊，在雜誌界寥寥可數，《勝利之光》刊如其名，果真光耀版面。

在每月提供精緻且具深度的圖文報導中，讀者悠遊其間，隨之汲取資訊、遨遊寰宇，成為國人豐美的精神食糧。國防部此種推廣與深耕藝文的執著，令人欽敬，而長期以來參與其事的編印人員，薪火相傳亦深值鼓勵。

本人有幸曾參與本刊編務工作，雖時間甚短，但長時期在《新中國出版社》服務，得以近身觀察刊物編輯實務，了解刊物能持續發行，提供美的視覺饗宴，乃歸因於編輯人員認真、專業、創新三個特質的融合發揮所致。

認真其實是做事的基礎，乃普世的成功價值焦點。我們在出版社學到的認真，應用在刊物上就是一絲不苟、全力求證。

民國七十二年我到社服務，當時社內出版六種性質各異的月刊，有一「吹毛求疵」的案例頗讓我戰戰兢兢許久，那就是王傳璞副社長在主編《新文藝》月刊之時，編輯人員用錯一個標點符號即受數十分鐘之教示，顯見重視編輯素養之一斑。

有認真的編輯人員，自然才會有嚴謹的文字和圖片呈現在讀者眼前。認真是帶著傳染性的。當時各刊主編都是文藝界名家和編採高手，對刊物品質的要求自是十分嚴峻，編輯們深受其苦，一篇採訪稿交上去之後即忐忑難安，結果常是難逃重寫的噩運折磨。只是這些認真的訓練和態度，不但打開了生手們能自力編採校印的大門，也往往成為我們日後掌舵時的重要支柱。

當時電腦尚未普及，月刊的製作過程繁複而易出錯，加上約稿或是投稿稿件的數據引用是否正確，在在加重編輯人員的工作量。小心求證是編務的基本要求，也是要靠認真細心，才能竟其全功。

有了認真態度，還需要有專業素養，才能發揮相得益彰之效。當時的《勝利之光》畫刊已是彩色印刷刊物中的佼佼者，陳霽主編攝影功力一流、文字素養亦佳，常加班詳參國內外畫刊編排技巧，而後畫樣成形，使得版面日漸生動並富變化，成為報導性刊物從內而外新穎亮麗風格的先行者。

這種常運用跨頁編排、注重照片對比效果，加上中英文搭配、標題做大、間距適宜的處理手法，使得該刊一再獲獎，從陳主編以次的五位編輯全力以赴功不可沒。他們專業素養的發揮，一方面得自於不斷自我精進砥礪所成，另一方面情商特約加入的高手，也同樣為社內帶進激勵的功效。

像寫報導文字十分精準的程榕寧小姐、報導攝影相當出名的楊永山、鐘永和先生，就以他們的專業能力為刊物打開更多美麗之窗。

就在該刊屢獲獎譽之後，其成員的個人表現亦不遑多讓，唐健風、侯一罡、趙明強、王雲龍、羅容格、鄭坤裕、田文輝諸先生亦先後獲獎；唐健風和王雲龍先生且負起薪傳重任，讓該刊持續發光發亮。

這種求新求好的精神，歸結一句話就是不斷持續創新；創新不是標新立異，而是依時代潮流、讀者需求、編輯能力所做的編輯企劃。無論在版本大小、版型設計、文章訴求、照片成色、整體風格等方面，依循時代脈動而走，提供真善美的圖文搭配，給予讀者深層的文化觸覺。

創新其實是在認真和專業的催化下才能具足的條件，也是現今最重視的創意思考和創意素養的泉源。該刊從重視藝文休閒到呈現在地風土文化民情、軍事專題、國內外資訊等內容，就是一種創新的體現；創新也引導著本刊和讀者緊密結合，一起創出發行五十年、六百期的光榮履痕。

現今借助科技進步之力，雜誌排版軟體日新月異，色彩光影效果已能完全變化於電腦成色中，編輯手法亦多有顛覆出奇之舉。

在編輯作業時程大幅縮減的情形下，編輯先生們絞盡腦汁之壓力必較過去為重，加上閱讀人口愈減、讀者口味愈重，想維持一份刊物的發行更非簡單之事；國防部及所屬青年日報社鼎力支持，編輯們用心經營，《勝利之光》得以屹立不搖，日新又新，實令人敬佩。

事實上，進步的動力在於參與其事人的心態上，只要肯學、認真學、用心學，刊物就有永續經營的生命力。

我常記得趙明強先生對我講的一句話，那是他隨楊永山先生外出攝影時的觀察所見，「只拍一個主題，楊先生就花了一個多小時反覆琢磨如何取鏡，學到這點，就學到攝影的神髓了。」趙先生如斯描述。

趙先生是傑出的全才畫家和攝影家，甫自大陸學成歸來。我以他年輕時的一句話做為對該刊發行六百期的點睛之語，並向所有參與該刊編務的人致上敬意。

致中和，發勝利之光

近代傳播事業發達，媒體力量無遠弗屆，在西方已衍成「第四權」的影響下，國內媒體事業亦方興未艾，在傳播新知、導引風潮上，扮演相當積極的角色。或者也可以這樣解讀：透過媒體蓬勃發展的現象，正代表著社會活力的無窮展現。

尤其，台灣地區在解除戒嚴之後，若干限制言論自由的桎梏得以解除，受到政治層面的渲染，言論市場更為多元暢通，提供給人們「知的權利」，也就更為豐富而多樣。

這樣的現象是可喜的，這樣的內容則是可慮的。

可喜的是透過各種軟硬體設施的強化，提供我們更為便捷新穎的各類資訊；可慮的則是我們如何從大量擁入的題材中，擷取正確並且是適合我們需要的資訊。

這或許也是傳播工作者，經常面臨到的一項挑戰；我該告訴閱聽者什麼？而不是閱聽者告訴我需要什麼？

事實上，在價值觀相當程度被扭曲的現時代而言，很難在這個議題上有所定論；然而，堅持立國精神、闡揚人性光輝、呈現文明素養、提高閱讀興味，對媒體而言，毋寧是不能改變的工作法則。

我們很慶幸在各種言論盈庭、出版品繁多的市場中，猶能得見清新風格的月刊，奮起精進，為雜誌界持續營造優良風貌，將正確、新穎，富涵深度、廣度的各類資訊，傳送到各個角落，豐富大家的精神食糧。

國防部出版發行的《勝利之光》畫刊，即從本期起，以全新的面貌，帶給讀者全新的觀感。

此次，《勝利之光》改版再出發，無庸諱言乃是因應市場現況與讀者需求所致。主其事者將出版達五十年的《國魂月刊》併入發行，亦期欲藉原兩刊之力，加以整合創新，賦予刊物更有價值的生命力量。

是以在原兩刊風格、內容均大異其趣的狀況下，如何統籌融合、提其精髓，編務同仁用心發力，過程之艱苦，可想而知；幸好，兩刊原都具相同基點，長短互補並不相悖，反而因編採人力集中，層面擴大，而更能發揚其力。

就軍中讀者而言，可從新改版的雜誌中，同時領會政經、社會、文化的最新脈動，較之以往費時閱讀兩刊，將更為便捷而清楚；對社會讀友而言，接受新改版出版品的閱讀，標示著國軍出版單位的日新又新，都是令大眾欣喜的一種改變。

這種改變，就現代而言是必要的；因為不改變，就容易被淘汰，但不能改變的，則是內容的精準、清新與活潑。這也正是《勝利之光》重新再出發的重點所在。

眾所周知，平面媒體的傳播效力深遠，較之廣播、電視不遑多讓，此證之電視崛起後，出版市場仍多量蓬勃，可見一斑。而月刊介於報紙與圖書的發行期兩者之間，是相當具有影響力的媒介，則是被肯定的。

正因為月刊具有較報紙更常閱讀，又較圖書更為多樣活潑的特質，所以月刊常是一般人吸納資訊、提供判斷、增進生活品質的主要素材之一。因此，一份月刊如何提供優質的內容，是相當重要的一分社會責任。

根據《勝利之光》和《國魂》以往的出版經驗來看，讀者所得到的是全方位和多樣性的內容，編輯者常藉著與專家學者的座談建言，以及讀者意見調查的取樣結果，做適時的更替，期能在出版告之與讀者需求中，取得平衡點。事實證明，刊物的用心常得到讀者的嘉許。

不過，自滿往往就是阻滯進步的障礙。以往《勝利之光》和《國魂》經常做內容和版面的革新，目的就在常保精進的動力。而今，《勝利之光》以全新形態出現，亦正是這種求新、求好動力的再動員。

改版後的《勝利之光》畫刊，除了增加帶有政論篇章的名家短評外，亦將觸角深入青年族群，將青少年朋友所關心的事，藉由豐美的文筆、鏡頭，呈現在讀者眼前，用美的視覺，導引讀者做全"心"的感官之旅。

這也是國防部出版單位長期以來堅持的重點之一，藉由刊物的周詳策劃、盡力執行，給予讀者輕鬆而豐富的心靈饗宴。

．

嚴格來說，這就是《勝利之光》畫刊長期採取積極而中庸作法的延伸和效果。積極面是在文圖上求精求新，給予讀者從外到內的美感；中庸面則是言論中肯實在，不求偏鋒取媚，讓讀者具有省思與判斷的能力。

而新出版的《勝利之光》畫刊，就正是延續此風格，在內容上更加貼近青年讀者的所知所感所想，營造出穩重美觀大方的優良出版品樣貌。

中庸上說：「中也者，天下之大本也；和也者，天下之達道也。致中和，天地位焉，萬物育焉。」

在文明的國度裡，無論從事腦內革命，或是心靈改革，媒體力量永遠是我們必需重視的傳播者，也唯有信賴「致中和」內容取向的刊物，我們才會有進步的可能。以此，向《勝利之光》畫刊再創高峰致意。

千里之行，始於足下

——《國魂》月刊發行五十年後併刊有感

一本雜誌能不間斷地出版五十年，不是件容易的事，尤其能挺過雜誌界近年來「戰國時期」的風暴考驗，更是件不簡單的事。下個月，《國魂綜合》月刊即將功成身退，併入《勝利之光》畫刊繼續發行；上述兩項紀錄，無疑是該刊留給讀者最鮮明的印象。

早期辦雜誌，常被譏為是「去害一個人」的動作，可見得出版市場與環境的艱辛，足讓編者為之卻步。民國三十九年十月，在國家情勢仍屬不安的情形下，國防部發行了《國魂》月刊，顧名思義，自有其意義與宗旨所在；證之往後情勢發展，《國魂》藉由文化宣傳發揮文字教化功能，則是相當被肯定的。

五十年來，國魂月刊由早期純思想理論性刊物，進而具政論性、學術性，再兼具文學性、藝術性功能。一路走來，兼容並蓄，卻始終以宏觀論點、思辨清晰、匡正人心、啟迪大眾為職志，在雜誌界稱得上中流砥柱，讓所有參與其事的人都覺得與有榮焉。

我於民國七十二年九月進入《國魂月刊》工作，當時是因《新文藝月刊》併入出版，故有機會調派至社內服務。《新文藝月刊》係軍中文藝愛好者的創作園地，與民間同類型刊物比較，不遑多讓，且口碑更佳。唯因諸多考量，計劃併入《國魂月刊》再創新猷。

由於文藝內容的加入，國魂月刊乃更名為《國魂綜合月刊》。一方面當時國民生活水準提高，知識大開，藉綜合之實，調和思想政論篇章的生冷面貌；另方面加入文學藝術作品，沖淡原有嚴肅刻板印象，大體而言，對《國魂》的成長有其裨益。

這樣的講法是有數據可循的。首先是民間的訂閱數只見提升而未下降，其次是做過幾次讀者意見調查，也大致贊同做一番革新，以求具有競爭力。只是多數文藝作家和愛好文藝的文武青年，少了些創作園地，總覺得有些遺憾了。

初進《國魂》月刊壓力甚大，因為擔任綜合性雜誌的編者，需要有十項全能的本事，這對甫離開校門六年的我來說，自然是個考驗。幸好，主編張作丞先生是位知名作家，溫文謙厚，給予我們很大的空間學習編採之道，碰到我們不成熟的稿件，往往在關鍵之處揮灑幾筆，即見修整功效，讓我獲益甚深。

·

當時《新中國出版社》同時發行六本月刊，在《國魂》工作相較其他刊物顯得辛苦許多。一者是刊物有其優良傳統，承緒不易，一者是約稿頗難，校稿更難。由於撰稿者以學者專家為主，於是我們費心聘請有清望的資深教授協助，但也僅能助一臂之力，其餘仍需自己努力；至於校稿則相當頭疼，每次約十二萬的字數不能出錯，對編者是種「折磨」。

那時文字編輯是我和另一位學長宋德瑞先生，宋先生以做事細膩著稱，每次我倆各從頭尾起校，交叉審視，他每能看出我的部分有關鍵錯字，而我卻不能找出他任何疏漏，光此專注功力，無人能及。

宋先生又屬幹練型編者，雖常自謙筆力不行，在編務作業上，仍對我和美術編輯趙明強先生給予很多教導。趙先生是我學弟，英俊挺拔，當時在繪畫界已是明日之星，在此之前雖未編過雜誌，仍十分專注於美編工作，往往於完稿時忙到深夜才回；因著這分對工作的熱忱，我們苦中帶甘，每期為刊物的誕生，奉獻出我們的心力。

當然，對刊物盡力最多的是每期的撰稿老師與作家，他(她)們總能以優美的文字，架構分屬五大性質內容的篇章，使讀者各取所需，各有所得。而國防部各級長官的指導，與刊物評審老師每期的優缺點評介，則更能督促我們精益求精，不致有所鬆懈。

民國七十六年七月號，是《國魂月刊》發行五百期的重要里程碑，我們辦了一場隆重的慶祝茶會，該期內容也有許多學者、作家給予祝福與勉勵。看到一本雜誌能夠連續發行到五百期，而且有不少的讀者常來信交換意見，我們在會場真是感觸良多。

這樣的一項紀錄，其實是歷來所有參與者的用心經營，才得以致之。我們躬逢其盛，接受祝賀，只不過是要更加惕勵我們精進向學，以不負讀者與前人所望而已。

事實上，增加為綜合月刊後的編輯方向，並不容易掌控，因為軟硬兩種題材，要想調和妥適，相當困難，光就《國魂》刊名，就難脫刻板教條印象，遑論其他？所幸各級長官對撰稿者頗持開明心態，以使立論中肯持平，達到宣教效果，加上學者、專家、作家的鼎力相助，編輯檯上的我們也就鼓起勇氣，盡力而為了。

經歷了六年的國魂編輯職務後，我改調其他刊物服務。民國七十九年七月奉命接任《國魂》月刊主編，是我在《國魂》的再服務與再出發，也是與本刊所結的第二次緣。

在擔任編輯之時，正逢國內政治情勢蛻變的期間，做為一本有政論性質內容的刊物，學者專家之言要配合國家整體利益，做公允而前瞻的評論，是必要的；而解嚴前後的心理建設與情勢分析，也是我們當時努力思考的重點。

就在我擔任主編之後，國內政治天空開放，各種言論雜陳，各類出版品急速增加，思潮亦愈趨多元，《國魂》如何因應並達成文宣任務，同樣面臨嚴苛的考驗。

我和編輯同仁們嘗試用更接近讀者的方式，也就是不再只侷限於約稿撰述的部分，改採座談議題，以更貼近讀者的需求，做忠實而生動的呈現。為了每兩月一次的座談，編輯組忙成一團，不但要蒐尋當前眾人關心話題，更要透過資深教授協助，邀約相關學者專家參與，還要記錄實況、處理行政事宜，那段期間真是忙得不亦樂乎。

很幸運的是，我得到最多的奧援。當時社長孔繁定先生事必躬親，指導有加；政治大學楊逢泰教授協助邀請學者參與，居功厥偉；我的學弟王雲龍、羅容格、黃銘俊、鄧克雄等先生忙進忙出，讓《國魂》有了更為躍動的篇章和開闊的視界。

這段期間，我們也展開對政府首長的系列對談與專訪，把政府施政作為透過首長們與學者的對談內容，讓讀者得到更清晰的了解。這個系列在專訪了當時行政院長郝柏村先生後劃下句點，我和學弟們都覺得獲益良多。

．

而感覺得最有意義的是，繁忙的工作激發出每個人的潛能和自信。社內給了我最佳的人力資源，也給了我企劃的最大空間，編輯同仁們都有心並且用心地把任務達成，希望能賦予這本刊物一個新的形象和活力。

曾經在無數次閒聊中，我們互勉互惕，也在接踵而來的各項任務中，攜手前行。成效如何，留待讀者品評。但我們這群年輕的編輯者，學到了如何敲擊出智慧的火花，並且懂得了團結力量大的真正力量。

這也是我要不斷學習的地方，學習到這一群身邊夥伴熱忱、認真的精采活力。所以當那一年沈謙教授對我說，《國魂》在金鼎獎評審中，與得獎失之交臂時，我並沒有太大的失落感，反而因著這些優秀學弟的表現，讓我對軍中出版事業的傳承永續，感到高興。

當時的《國魂》綜合月刊，經由刊載各種座談研討、政府首長專訪，以及頗受歡迎的各類專欄、系列報導等內容，營造出多元而宏觀的風格，在我們辦理的讀者意見調查中，獲得不錯的評價。其中，在創意的發揮上，編輯組的確下過不少苦功。

以封面設計而言，對刊物發行的成敗具有決定性影響。當時美術編輯羅容格先生每需絞盡腦汁，揮舞巧手，構築各種出色的圖型，用紙雕、泥塑、彩繪、木刻、紙刻等方式表現，我們則從旁提供改進意見，而後拍攝完成使用。

這就是團隊精神的發揮。我也鼓勵他們外出做各種採訪報導，只見二人一組，溝通完後即刻駕機車出發，回來後必有好作品交出。證之日後王雲龍先生榮獲《聯合報》報導文學獎的榮耀，可見得當時努力進取之一斑。

在擔任主編期間，我也更加了解「反映人生、充實人生、美化人生」的必要，而這十二個字正是《國魂》月刊刊名下的標題。本來，人類的一切活動都離不開生活，而要使得人生充實而美好，勢必要了解生活的意義與內容，雜誌乃肩負起這項使命的橋樑作用，透過文字圖片的導引，從而使大眾在潛移默化中，得到助益。

將近十年流光，《國魂》月刊一直幫助我學習與成長，我也很慶幸在國魂發行了五十年的歲月中，有五分之一的時間參與其事，得到關照與眷顧。

而今，我已離開軍中多年，昔時夥伴也多不在出版崗位，面對《國魂》即將併刊發行，深有所感，期後繼者能延續國防部出版《國魂》之初衷，為國軍出版品再創高峰。

《老子》第六十四章內有句話：「千里之行，始於足下。」意思是說千里的遠行，是由一步步走出來的。《國魂》創刊不易，發行逾五十年，也是一期一期用智慧與汗水編成的，要承續優良傳統，需要我們腳踏實地的努力，才能得到效果。以此與編者、讀者共勉。

激濁揚清振軍魂

國軍發行雜誌於抗戰勝利之後，在通識教育和文化宣傳上迭有助益。本來宣傳與教育即為一體兩面，雜誌刊行既有利於傳達新知正見，亦有益於內外溝通化解歧見，故五十多年來，發行不輟，全體參與人員的辛勞，甚值敬佩與讚譽。

目前，《青年日報社出版部》出版三刊的前身，係《國防部新中國出版社》編印各類月刊任務之一環。為因應國軍「精實」專案的推動，於民國八十六年七月一日將出版社併編入青年日報社，賡續執行文宣任務，提供優質精神食糧，在當前出版品眾多的時代中，持續有激濁揚清、美化人生的功效。

激濁揚清為其任務的特性；美化人生為其肩負媒介的目標。藉著優美而良善的文圖功能，搭起軍中與社會互動的橋樑。

個人有幸在民國七十二年至八十七年期間，服務於出版社及出版部，歷經社務多項變革，僅就記憶所得，略述其要如次：

一、編務電腦化。編務革新一直是出版社同仁念茲在茲的重點工作，從早期手工劃樣貼版，到運用先進電腦軟體設備完稿，出版社不但能與民間出版業設備接軌，且在製作能力與電腦運用上，表現出色，與民間不遑多讓。

二、內容多樣化。當時出版社承接六種月刊的編務工作，在對象、內容、定位、屬性等方面均不相同的情形下，以少數人力定期出刊，供國軍袍澤、眷屬及一般民眾閱讀，同享清新純正的書香讀物，殊為不易。

三、立論專業化。往昔國軍刊物特重言論的嚴正與權威，期能在資訊的傳達上給予讀者正確判斷。出版社不僅成立筆的隊伍，更網羅國內知名學者專家，做多角度與全方位的撰稿，提供讀者閱讀，其所刊言論自是一時之選。

四、文圖精緻化。由於重視刊物品質，故經由每月編輯會議、主題會報所研議出的各種專題，同仁均全力約稿或費心製作，無論文字或圖片的呈現，均做到精緻美觀，雅俗共賞，從歷來無數得獎紀錄可見一斑。

五、發行普及化。軍中雜誌大量發行於社會始自《吾愛吾家》月刊，當時軍眷、征屬、公務人員每戶一本，廣受喜愛，蔚為風潮。其餘對外發行之二刊受其鼓舞訂戶亦多，總計每月有超過百萬戶接收本社刊物訊息，效果十分宏遠。

事實上，出版社六種月刊的編務及廣告發行行政等事項，僅有三十餘人負責而已。且編務工作不同於一般業務處理，箇中辛勞，如人飲水，冷暖自知；而數十年來從未脫刊，亦未發現重大缺失，實為以往參與其事之人的勤奮打拚所致。

這種重榮譽、勤努力的特質展現，亦可分五項簡略說明：

一、善盡傳媒責任。軍中刊物從未自外於社會，不僅做為軍中教育的正義先鋒，亦積極成為社會教育重要的一環，因此，刊物立論嚴謹、內容豐美、編印美觀，充分扮演好身為媒體一分子的角色，為社會點亮一盞光明的燈。

二、遂行文宣任務。刊物既重視所負言責，自亦對軍中推行各種教育工作，擔負起引導、闡釋、解讀、提供等功能，不但呈現精美文圖的資訊，也是各種教育輔助教材的最佳範本，證諸軍中各種教育的成功，刊物功不可沒。

三、傳承編採技巧。出版社的重要任務在於完成編務發行工作，而團隊精神即落實在編輯工作的日新又新，以滿足讀者需求。長久以來，編輯工作的完備有效，使得社運興隆，發行廣遠，即為薪火相傳的體現。

四、掌握社會脈動。軍中刊物雖有其特殊任務，實則仍為媒體之一環，故所策畫內容均需了解社會現況，精準探知社會脈動，做溝通橋樑之重責。出版社原對外發行之三刊，迭獲各項獎譽，即是對編者能力的肯定。

五、激發活力潛能。除開每月編輯工作外，各刊均定期做精進革新計畫，並承接編印專刊、專書任務，更需展開對讀者、作者的參訪、座談等事項，對同仁的智慧與體力是種考驗，從而也激發出對工作的熱忱與信心。

回首前塵，出版社各刊在國軍報刊發行及執行文宣任務上，均有特出表現，與民間雜誌業相較，毫不遜色；雖因環境變遷及人力考量，而致刊物裁併、發行量減少，唯其一貫為讀者服務、提供優良出版品的出版目標，則絲毫未有改變。

尤其在現今雜誌界發行競爭激烈的環境下，猶能走向更為專業化、精緻化、普及化的內容，在雜誌市場上具有舉足輕重地位，《青年日報社出版部》的工作夥伴為出版社的重生，紮下了堅實基礎。

今日欣逢《青年日報社》五十周年社慶，而報刊同為教育與宣傳的媒介，本即有密不可分的關係；現今民主自由風氣大開，位於言論教化第一線上的報社與出版部任重道遠，特以往昔工作時憶及的十大特色，意喻「十全十美」榮耀，以之為賀。祝福報社與出版部在既有優良架構下，迎接挑戰，開創新局。

任誰都會愛家

民國一百零七年十二月二十四日《吾愛吾家》雜誌舉辦了成立四十週年茶會，四十年時光荏苒，時代更迭，此一家庭婦女刊物能持續發行，國防部全力支持外，讀者的長期品覽指教，更是能成長進步的一大動力。

《吾愛吾家》刊名極好，吾愛、吾家；有誰能不愛家呢！愛家進而愛國，成為大家親愛的對象，刊名確實振奮人心。

我進入《國防部出版社》服務時，《吾愛吾家》月刊是六大發行刊物之一，主編為政戰學校藝術系十四期湯新亞學姐。湯主編出身《新文藝》月刊，做事一絲不苟，學弟們甚是敬畏。

那時的《吾愛吾家》發行目的為提供軍官眷屬一份讀物，數量不大，內容卻廣泛豐美，湯主編帶著一位編輯將三十二開本的小雜誌經營得相當出色。民國七十二年底為服務更多軍中同袍及眷屬，國防部決定擴大發行，將份數增至百萬本，最高峰時期約每月發行一百三十萬本，是國內月刊發行量最大的雜誌。

我於民國七十八年曾參與短暫編務工作，當時唐健風主編指派我為該刊編輯，讓我有機會在短短三個月內，熟悉並了解刊物，進而參與策劃、執行編刊事宜。唐主編繼湯主編之後，為政戰學校藝術系十五期高材生，學識深厚，風趣幽默，是國內知名畫家、攝影家，他充分授權，且人脈甚廣，雜誌在他的運籌帷幄下，愈見清新亮麗，內容穩健，是官兵眷屬最佳的精神食糧。

服務三個月後，我另調他刊，成為在《吾愛吾家》編輯時間最短的軍官，但這三個月無疑是我編輯生涯中非常重要的階段，唐主編的器識多聞、刊物的策劃精進，讓我學到了專業技能和雜誌編輯的基底，終身受用。

現今單位改隸，月刊亦改成雙月刊，唯開本做大、全彩發行，編排手法與內容推陳出新，與早年不可相比。愛家是每個人的企盼，一份以此訴求為名字的刊物，自然能精益求精，永不止歇。

我讀《吾愛吾家》，我高歌《吾愛吾家》！

卷二　文藝激光閃爍軍史長廊

文藝活動是文化的外在表現，有什麼樣的文藝就形成什麼樣的文化。軍中文藝涵蓋層面甚廣，專責單位亦多，各司其職，各盡其力，而後匯流融合，成為特色，做文化發展之先鋒。

《國防部出版社》發行刊物，為讀者搭起文藝之橋，提供創作園地，並與民間交流觀摩，是為文學深入柳營和社會生根的基地。

文化宣傳的持續精進，煜煜生輝，在國軍建軍史上必有光耀的一頁。

文藝vs.文宣

身為國防部出版社成員，在編輯月刊之時，最常思考的是如何遂行文化作戰使命的問題？本人又正好在《國魂》月刊前後工作了將近十年，從編輯到主編、從戒嚴時空到解嚴開放，過程直如寒天飲水，冷暖自知。特做一流光簡述。

在《國魂月刊》工作是我接觸一般雜誌的開端，比起另兩刊要嚴肅許多，也就是她所負的文宣使命要重要得多。她既要走學術文化路線，也要涵括思想教育、文藝創作的內容，多樣雜陳而不能特別顯於外，總括一句話就是吃力而並不討好。

其實，我們也並不是為討好而來編雜誌的，只是雜誌均應有屬性和定位，才能發揮特色。《國魂》月刊原本的特點就如刊名一樣，硬性而無轉寰餘地，可是改名能延續此一傳統，讓雜誌能為各階層人士接受？答案不是一致的，所以當時保留刊名，企圖包裝軟性訴求，恐是唯一能做的了。

這樣的想法在戒嚴前是成功的。根據我們每年所做讀者意見調查結果顯示：願意閱讀的人大致上肯定刊物的努力，並認為軟性訴求比硬性文章來得有效果。

國防部每月評審意見亦對刊物走向持肯定態度。

因此，我們會對特定議題或是重要事件，採取約稿、製作專題、舉辦座談會方式，遂行任務。當時，力抗「三合一敵人」的做法，雖難能脫離老調八股的模式，但能爭取到許多友我的青年博士學者撰稿，毋寧是一大收穫。

不過，隨著時代的更迭，文宣工作空間愈顯窘迫則是不爭的事實。我任主編期間，則儘量以配合政府施政作為來製作專題，回歸文宣主軸，不再以思想作戰為主，並多用軟性題材配合宣教主題，藉以提高閱讀興趣。

最明顯的例子是在封面設計的改變上。當時的美術編輯是二十七期的羅容格，他擅用巧思和巧手，以泥塑、紙雕、工藝等方法彰顯主題，很獲得讀者的讚賞。那年根據金鼎獎評審沈謙教授告之：差一點分數即可得到優良出版品的獎勵，可見得用心創作必能得到回響。

而後我交卸主編。再隔一任交接的二十六期王雲龍，製作了軍校系列報導和名將系列報導等篇章，對史料的保存和重視，下過一番苦功。之後在政治氛圍轉換下，結束了五十年的出刊日子。

以《國魂》月刊為例說明，大致可以了解軍中辦雜誌之不易。本來文藝創作和文化宣傳就不是很容易交集的面向，更由於時代的演進和思潮的不斷更新，要想用文藝手段達到文宣目的，顯然難上加難。

不過，文化宣傳本就是政府施政的一環，以政府出版品的角色而言，能運用文藝創作的過程，來強化文化宣傳的效果，深信是從事文宣工作者所必需念茲在茲的大事。

如果能化宣傳於無形，又能提高軍民文藝之風，則是我們責無旁貸的責任了。

打開戰鬥文藝的大門

文藝是一種生活、是一種力量；文藝工作者則是使我們生活多樣，並有真善美內涵的橋樑支柱。

因此之故，有人這樣說：有什麼樣的民族，必然會產生什麼樣的文藝。從文化遞進的角度來看，十分傳神而貼切。

中國自古以來就很重視文藝在教化上的功能，六藝中的禮樂射御書數，在使國民知曉文事武備；國家整體教育的方向，也著重於文武合一、術德兼修。因而一個標準的中國人，不但要有上馬殺敵的本事，也要有下馬草檄的功夫，國家用人取士，也大抵以此為標準。大家耳熟能詳的岳飛和王陽明，前者的詩詞豪邁，後者的武略蕩寇，都不遜於他們為人所敬仰的武功文治，可為一例。

我們再把眼光看得寬廣些：

沒有文藝復興，就不會有歐洲的近代文明；沒有《雙城記》和《馬賽進行曲》就沒有法國共和的現況；沒有亨利的「不自由．毋寧死」就不會促成美國的獨立；而沒有《興中會宣言》和《革命軍》就沒有辛亥革命迅速的達成。

這些史實在在提醒我們文藝力量的宏遠，不僅振聾啟聵，而且振衰起敝，值得所有國民和文藝工作者重視和發揚。

拿破崙曾說：一支筆勝過一支軍隊的力量。文藝不但在戰時是決勝關頭的利器，即使在平時，一樣是反映人生、充實人生、美化人生的關鍵所在。

只不過，由於科技發達、傳播快速，思潮紛雜、自由高張之後，文藝雖然更加蓬勃發展，卻逐漸褪去了原本即具有的戰鬥性本質，也似乎將教化的功能蒙上了未可知的陰影。這種改變或許是個警訊，也正好是對現代從事文藝工作的人，帶來極大的考驗。

雖然，文藝是個人表達情意的工具，但就文化單元而言，文藝不僅反映個人的精神生活，整個民族的精神文明，也會藉文藝的風格與內涵而顯現。所以，國軍新文藝運動的推行，在國家整體文化復興運動的環節中，係以戰鬥尖兵的觸角，為文藝工作注入源頭活水，以恢復文藝中的戰鬥精神自許，讓我們的文藝真正成為一股安定、祥和、進步的力量。

．

當滿清入關，明朝傾覆之際，顧炎武先生曾有一段痛心的話，他說：「有亡國，有亡天下。國亡猶可復興，天下興亡，匹夫有責。」

這句話的意思是說：政權的失敗還可以再起，文化的興亡卻是每一人、每一家、每一鄉里乃至全民族的責任。這是文藝工作者必須時刻自我惕勵的警世之言。

國軍有鑒於過去對敵鬥爭，在思想文化戰線上的慘痛經驗與血淚教訓，為了鞏固思想戰線、強化精神武裝、發揮無形戰力，於民國五十四年四月八日，在台北市北投區的復興崗，舉辦了第一屆的國軍文藝大會，揭開了國軍新文藝運動的序幕。

事實上，早在民國三十九年軍中就已相當重視文藝的影響力。在倡導軍中文藝的同時，由「新中國出版社」發行《軍中文摘》月刊，選輯有關發揚革命精神與策勵反共抗俄的文藝作品，供軍中袍澤閱讀。它的作法是「文藝到軍中」、「軍中建立新文藝」，雖然當時物質艱苦，在精神生活方面，軍中顯然較之社會來得朝氣蓬勃。

到了民國四十三年，《軍中文摘》改為《軍中文藝》，讓官兵有了發表園地。這段期間，官兵可以寫自己所要寫的事、說自己所要說的話，也就是積極灌溉戰鬥文藝的種籽，讓文藝的力量在嚴格的戰備訓練中，發揮更為前導作用。

而後，為了使軍中文藝能和社會文藝力量結合起來，又將《軍中文藝》更名為《革命文藝》，希望藉由這塊園地，擴大革命事業的陣容，加強心理建設的工作，以建立革命的新文藝。為整體的文藝作戰方式，做全面性的推展。

民國四十九年，《革命文藝》又改名為《新文藝》月刊，除原有的革命性之外，還包含了民族的新文藝與戰鬥的新文藝，二者合而為一。而以《新文藝》為名，不僅有「日新．又新」與時俱進的意義，也富涵文藝革新和文藝中興的意義。

誠如《新文藝》在更名後的發刊詞中所言：「我們深知，文藝必成為反共復國事業向前邁進的動力，也惟有把文藝和反共事業相結合起來，我們的文藝才會有骨有肉、有血有淚，不套陳腔濫調、不作無病呻吟；而能成為照耀光明的火炬，成為滋潤心靈的甘露，成為振衰起敝的洪鐘，成為撥亂返正的利器。」

國軍新文藝運動在召開大會之前，就靠著這些雙向溝通的園地，讓官兵得以交心耕耘，相互激盪，成為推動國軍新文藝工作的搖籃。

第一屆國軍文藝大會召開，係廣邀文藝界先進及軍中文藝工作者六百多人參加，以二天的會期，廣泛而深入的研討推展新文藝的各種方案。先總統蔣先曾親臨大會致詞，並對全體與會人員提出十二項訓示，作為國軍推動新文藝運動的最高指導原則。

這十二項訓示是：一、發揚民族仁愛精神。二、復興革命武德精神。三、激勵慷慨奮鬥精神。四、發揮合群互助精神。五、實踐言行一致精神。六、鼓舞樂觀無畏精神。七、激發冒險創造精神。八、獎進積極負責精神。九、提高求精求實精神。十、加強雪恥復仇精神。十一、砥礪獻身殉國精神。十二、培育成功成仁精神。國防部即將此做為推行國軍新文藝運動的共同準據。

民國五十四年五月八日，國防部制定「國軍新文藝運動推行綱要」，確立「以倫理、民主、科學的理念為出發點，期能達到真、善、美的最高境界」的目標，全面有效推動國軍新文藝運動。

至此，資深文藝作家除能繼續提攜後進，共同創作富有戰鬥性及清新氣息的文藝作品外，更能遵照新文藝運動綱要的方向，營造文藝創作的新風格和新氣象。

先總統蔣公曾在民生主義育樂兩篇補述中提到：「人生最高尚的娛樂就是藝術。」可見文藝的功效，在於增進國民身心的和諧，使整個國家民族產生一種蓬勃的朝氣，鼓舞戰鬥的精神，發揚蹈厲的氣概，所以文藝不但是人生中不可或缺的要件，也是國家民族文化的表徵。

在國軍新文藝大會召開之前，儘管軍中文藝人才水準與社會有段差距，國防部仍常舉辦徵文活動，提高軍人寫作風氣，並於四十一年舉辦「國軍畫展」、四十二年舉辦「國軍文化康樂競賽」，為文藝走入軍中，投注了相當心力。

國軍文藝大會舉辦之後，國防部陸續訂頒五種法令，做為施行的依據。分別是一、國軍新文藝運動推行綱要。二、國軍新文藝運動輔導委員會組織規程。三、國軍新文藝輔導實施辦法。四、軍國文藝獎評選規定。五、國軍戰鬥文藝工作隊編組運用計畫。從此，國軍新文藝運動蓬勃展開，讓軍中同袍有了更寬廣的創作空間，也讓社會整體藝文活動，有一個先導的驅動力量。

三十年來，國軍新文藝運動從未間斷，無論是文藝人才的發掘與培養、創作風氣的孕育與推廣，和作品水準的精進與提升，都有顯著的成效。這可從兩個軸線來觀察：

一是文藝工作的永續經營。任何一項工作或推展的運動能三十年如一日，確實有其值得讚佩的地方。國軍新文藝運動自推展至今日，始終堅持立場與目標，持恆運作，發大漢天聲，做中流柢柱，這種精神與毅力，正是國軍忠誠勇毅的最佳見證。

目前持續進行的項目有：1.不定期召開文藝大會，總計已召開十二次，同時均請社會各界文藝工作者與會共襄盛舉。歷次大會對國軍新文藝工作面對的諸多問題，都能深入研討，策訂革新方案。2.每年不定期召開戰鬥文藝工作研討會，交換各項推展經驗等。3.動員各研究會推展藝文活動，目前成立文藝理論、小說、散文、詩歌、民俗、影劇、國劇、新聞、廣播、音樂、美術等十一個戰鬥文藝研究會，會員由社會各界、軍中愛好文藝工作者組成，人數為三百五十人。4.每年辦理國軍文藝金像獎徵選，歷來參選作品超過五萬件，獲獎作品有一五二九人次。5.策辦國軍新文藝創作輔導活動，分別到台灣本島及外島共七個地區展開文藝創作輔導，每年參加此項活動的約有一千五百人。6.結合各軍種工作發掘文藝人才，目前成員有四七二一人。各軍種並設文藝獎，以拔擢文藝人才。7.提供文藝園地，提升創作水準。8.獎勵優良作品，編印新文藝叢書，迄今共編印約六百種、數百萬冊。9.參與推動社會文藝活動。10.結合特定節日策辦文藝活動等。

二是軍中作家的薪火相傳。從早期的鍾雷、謝冰瑩、王藍、司馬中原、朱西寧等人，到現今人才輩出的各類藝文傑出人士，軍中作家始終能深體時代重任，用他們的血淚經驗，做最詳實而感人肺腑的記述，不譁眾取寵，也不標新立異，所以，即使在被冠予職業的分類別，使得這樣的名稱有些爭議時，他們並不以為意；因為他們知道，這是一個光榮的桂冠，一個永遠的驕傲。

文藝工作者的精誠團結、心手相連，也是國軍新文藝運動聲勢日上的主要原因之一。

·

狄更斯說：「這是一個光明的時代，也是一個黑暗的時代。」身處變遷快速的現代社會，我們也可以感受得到：這是一個充滿希望的時代，也是一個充滿失望的時代；既是危機重重，也是生機遍遍。

對文藝工作者而言，其所負的社會責任和時代使命，將更困難於往昔，則是毋庸置疑。

幸好軍人的特質就是不怕苦、不怕難、不怕死，還要向極限挑戰。所以國軍新文藝工作和工作者都應該秉持這種精神，全力以赴，使我們的工作成果在涓滴匯流後，形成萬馬奔騰之勢，在型塑國家文藝的江河中，具有主導領航的氣勢。

展望未來是一個新的里程，既充滿了希望，也充滿了挑戰。國軍新文藝運動輔導委員會是新文藝發展落實的樞紐，所有參與其事的人都應細心思考兩個方向，為追求真善美的目標而持續努力。

一是要把握國軍新文藝的發展重點：在國家迎向二十一世紀時，我們的文藝政策是要以中華文化的藝文修養提升生活品質、以倫理精神重建社會秩序、以民族大義完成國家統一、以崇尚和平促進世界大同。在貫徹國家文藝政策之後，充實文藝組織功能，並且強化創作輔導作為、培養文藝創作新銳，以達成戰鬥文藝的目標。

這個發展點的推動，主要是組織的建立和互動，因此，不只是委員會的成員應念茲在茲，更要藉輔導、座談、徵獎、比賽和發掘人才、運用人才，使文藝工作綿延不斷、日新又新。

二是要認知國軍新文藝的創作方向：乃是為弘揚中華文化而創作、為發揚人性光輝而創作、為匡正社會風氣而創作、為促進中國統一而創作。

文藝是文化的花果。國軍三十年來在新文藝運動推行的過程中，由於不斷的革新精進，在方式上得以更為活潑，內容上得以更有深度，所以國軍新文藝的工作者，不但是中華文化播種者、薪傳者，更是中華民國文化建設的推動者。

今後，我們要寫、要畫、要唱、要演的是：愛國家、愛民族、愛鄉土的文藝，重民主、重法治、重人權的文藝，求進步、求均富、求繁榮的文藝，真心疼惜、有容無私，把文藝的功效傳播廣遠，把文藝的光芒盡情綻放。

·

曹丕曾說：「文章乃經國大業、不朽之盛事；年壽有時而盡、榮樂止乎其身，二者必至之常期，未若文章之無窮。」這是從事文藝工作的人，值得自豪和自惕的一段話。

正因為文藝的力量無所不在、無遠弗屆，影響超過任何有形力量，文藝工作者所肩負的責任，也就相當重大。

國軍既以新文藝為名，就是要把文藝武裝起來，使新文藝具有民族性、革命性和戰鬥性，其文藝作品也就必須要平實自然、雄渾豪放，而且獨立創新、端正清雅，如此才能真正地「文起八代之衰，道濟天下之溺」了。

四千六百多年前，黃帝的部隊高唱「渡漳之歌」，因而士氣大振，殲滅蚩尤，楚漢相爭時，張良設計「四面楚歌」，終使項羽兵敗自刎；這些中國古老的故事，在在啟發著現代人對文藝力量的感受，也牽引著現代人對文藝工作的重視。

國軍新文藝運動的推行，已超過三十年了，撫今追昔，愈覺責任之重大，較之往昔尤甚。我們自當在以往的堅實基礎上，再動員、再武裝、再出發，將筆桿與槍桿緊密結合、文藝與武藝緊密結合、藝術與戰術緊密結合，攜手同心，再開新局。

尤當體認「槍是軍人第二生命」的同時，不忘將筆一起帶上，做個帶筆從戎氣豪壯的好青年、好戰士、好國民，盡到我們每一個人都應盡的責任——愛護中華民國、保衛中華民國。

作家編輯　文武雙修

新聞系畢業成優秀新聞人的不少；成作家的不多。記者、編輯和作家範疇不同，不能相提並論，但運用文字能力則相類似。作家是頗特殊的行業別，為文學底蘊奠基者。在文化發展過程中舉足輕重，亦為文字工作者慕而思成者。

我服務的《國防部新中國出版社》是軍中作家的搖籃，早期新聞系畢業生在此播種傳承，聲譽鵲起，惜後裁併消失，特記之，以免青史成灰。

民國七十二年九月我調入出版社工作，民國八十六年七月出版社併編入《青年日報社》，我始終未離開過單位，得以稍知一、二。

·

初到社內，雇員小姐接聽電話以「新中國」名之，聽聞刺耳，卻是實名相告，非常佩服當局者的智慧與定見。「新中國」乃對岸高呼之口號，國軍建制單位以此為名，且負思想文宣作戰任務，是硬中帶軟的謀略，能頂得住壓力，冷暖自知。

「新中國」是出版社，以出版品為主，月刊為大宗，書籍為副，七大刊中以《新文藝》與文學創作最有關聯，可惜我到社即因該刊裁併入《國魂》增加一員額服務所致，未能親炙《新文藝》刊風，甚覺可惜。

《新文藝》月刊是國防部出版社和文藝作家交流的載體，軍中喜好文藝的同袍有園地可供發表，社會民間的愛好者同樣能獲取機會，共同浸淫於文藝之風。那時候，坊間文學雜誌不多，《新文藝》從軍中擴散至社會，雖非獨領風騷，卻可視為那個年代傳播文藝的重要媒介。

·

王傳璞是《新文藝》月刊的停刊主編，我到社時他任上校副社長。初見這位四期大學長覺得他淡漠不多言，後來才知戰士失去戰場的寂寥即是如此，我這個小上尉，當然不知其心中苦悶，沒幾年他便及齡退伍了。

在社內聽到最多的傳言，是王副社長非常重視用字遣詞，而且標點符號絕不能錯用，該刊編輯湯新亞學姐即因此與他常有不快。

標點符號用法很多因人而異，且時代變遷，多有修正，若硬向「標準」看齊，王副社長軍人本性流露外，更可看出他的自信與嚴謹。

《新文藝》停刊的理由眾說紛云，王副社長堅持己見、力爭出版的直言，常被人提及，也可見其忠於職守，有著新聞人擇善固執的一面。

離開軍中的王傳璞先生持續專注於寫作，以攝影機和如椽之筆，製作早期文壇名家影音和文字紀錄，為文壇欽服。年至耄耋，仍盡心力於此，現故人遠去，徒留典範。

傳璞先生筆名王璞，以散文和小說見長。二年多相處，先生自律甚嚴，說話不快，帶點山東腔，是位溫和、剛毅的長者。

·

另一位沒有見過面的作家是方心豫先生，應是新聞系十期畢業生。方先生曾在《新文藝》任編輯，後為《國魂》月刊主編，詩、散文兼長，在文壇頗具名聲。

還有一位在文壇赫赫有名的小說家，擅詩和散文，也曾在出版社服務過的是柯青華先生。柯先生筆名隱地，創辦《爾雅出版社》為國內知名出版家兼作家，在社內任職於《新文藝》，是新聞系九期畢業生。

心豫先生和隱地先生才高八斗，文采斐然，推展軍中文藝不遺餘力，本身亦和國內作家聯繫有加，是軍中文藝活動最為興盛之期。

可惜心豫先生退伍赴美發展，幾和國內斷線，隱地先生則服務時間不長，離開後闖蕩出名號；若果二位先生看到《新文藝》月刊出版如日中天時遭到併刊，不知作何感想？

事實上，軍中文藝作家及其營造出的活動，扮演著國內文藝活動的火車頭角色，《新文藝》的發行居關鍵位置。驟然停刊，其影響不可謂不大。

．

我調入出版社時，《新文藝》已停刊，社內出名的作家除王副社長外，就只有《國魂》綜合月刊主編張作丞上校了。作丞先生筆名古橋，寫詩、小說和散文，是成名很早的作家，為新聞系九期畢業生。

《國魂》月刊是出版社發行的政論性雜誌，由於《新文藝》併入其內，加上「綜合」一詞為月刊之名，只是政論和文藝似乎不搭調，軍人受命後盡力執行任務，張作丞先生統整二刊成功，和其文人作風有關。

他曾任《新文藝》編輯，和作家熟稔，陸續約請名家撰稿，沖淡品談時論的刻板內容，尤其是標題的詩化和散文化，受到好評。

張先生高中時代就是文藝青年，作品屢刊於報紙副刊，成名甚早。我進入《國魂》綜合月刊任編輯時，他已呈「封筆」狀態，然而看稿、改稿、下標題一氣呵成，社內無一人有此功力。

我覺得張先生既有新聞人「快又好」的特質，亦兼有作家「深且美」的內涵，處理事情不慍不火，是非常容易相處的長官。可是他話不多，很少談及文學創作，許是過了創作高峰，有些瓶頸難以突破；也或許知音難覓，難以對話。

·

出版社受到文學刊物停刊影響，後進成員大多以報導文學和攝影為努力方向，且努力上進，成為一方俊彥。喜好文學之人漸少，我的新聞系學弟王雲龍為唯一。王先生喜閱讀，攻詩和散文，曾獲《聯合報》文學獎，出版專書十餘冊，為新聞系二十六期畢業生。

王先生到社服務過程與我相類似，先在《國魂》任編輯、主編，後擔任《勝利之光》畫刊主編。我則在《吾愛吾家》任編輯外，還做過其他三刊主編，經歷稍多些罷了。

我任職主編時，王先生是我得力助手，我們常一起研討字詞運用、修辭時機、文筆養成、文法結構等，樂此不疲，頗得知音之感。王先生文筆細膩、思路廣遠，於任職編輯期間得到當時三大報之一的文學獎，殊為不易。

．

雲龍先生和我都是從報導文學扎根，進入到文學寫作領域，和社內作家早具文學創作涵養多有不同。我倆的理念是勤學勤寫、多方嘗試，重要的是持續不斷、筆耕不輟，把文學寫作做為一種志業。

從新聞人而為作家，《新中國出版社》走入歷史，我們服務過的人事物，也如輕煙般消散。那段由編而寫的歲月，撩撥了文學情思，觸動了生活泉源，豐美了生命想像。

帶筆從戎二十載

漆黑深夜，唯獨眼前的大榕樹老透著些光，令人費解；風吹草動，沙沙聲響，榕樹似在低鳴，又像為人叫屈。

之前傳聞樹下吊死過人，我的神經緊繃，端著槍的手心直冒汗；二小時衛兵勤務真是一輩子難得的經歷。

那是在陸軍官校入伍第一次站衛兵。二十年服役期滿退伍時，雖早已未碰槍，手心仍常出汗，應該是改為握筆撰文的戒慎恐懼。兩者時空交錯，遙相呼應，是為軍旅雅談。

槍桿、筆桿差異何其大，我能得兼，幸之。

·

投考軍校是眷村孩子的宿命，尤其是所謂四年級生的前段者。家境稍差的先去，高中成績不好的後去，名為繼志承業，實則無路可走，憑著一股血性和愛國心踏上征途。

軍校大部分屬理工科系，文組的選擇只有政戰和財經，兩者發展不同，養成教育更是天壤之別。我和一些高中同學考上政戰新聞系，同赴復興崗報到，開啟「戰鬥訓練」與「新聞教育」旅程。

我們這一期四百多個，新聞系三十八人，來自全國各地。初相見是在復興崗上，各系同學陸續報到、理髮、穿軍服、混合編隊，正式成為國軍一員。開拔到陸官實施入伍教育，是當時官校生的專利，所謂「開拔」指的是從北投坐鐵路慢車到鳳山；「專利」指的是陸海空軍官校和政戰學校一年級學生。

晃悠的鐵道行程早被官校入口的匍匐前進震醒，散漫的行為舉止亦為陸官四十四期的班長吼聲震懾，我們被當成機器般操練，執行著所謂的入伍震撼教育。

身為軍人一定會與槍為伍，M1步槍成為甜蜜負擔，學習著拆解組合還有保養擦拭，過著與槍共眠的三個月流光。

剝了一身叛逆之皮回到崗上，迎接我們的仍少不了大寢室內走道中央的槍和槍架。

「槍是軍人第二生命」，當軍人注定要和槍桿共處，為免擦槍走火，重要的是和平共處。自此，平時保養要勤拭，出操訓練要善待，槍枝果然成為好朋友。

回到系上唸書，翻轉了不少既定概念。「一支筆的力量勝過一支軍隊的力量」，說的是我們要從事的文宣工作；練筆就如同練槍同等重要，甚至超越之。「我們要帶筆從戎而不要投筆從戎！」系主任祝振華老師的話如醍醐灌頂鞭策著我們，只是一年級新生像個軟腳蝦，唯學長命令是從，離帶筆從戎的豪氣還有好大一段路要走。

讀書的日子當然大過出操的時光，我們翻看著新聞與傳播相關書籍，卻總會插入不少軍事訓練課程，在允文允武教育下，讓我們茁壯成長的少不了仍是那枝長而重的步槍。

和步槍為伍的日子，最難過的是五百公尺超越障礙訓練。那把保命的槍成為最大負擔，扛揹提掛，總覺得不是身體一部分，偏又要跳跑爬扔，步槍不僅嫌累贅，還成了大拖累，真正恨之入骨。

踢正步也是磨人的一種訓練。「我有一支槍，扛在肩膀上，……」唱得容易，做得哭泣，那支長槍托得肩頭作痛、手肘發酸，只有休息坐下時，它倚靠著肩頭，才是唯一展現溫柔的時候。

曾背著槍踩踏過精神堡壘旁草坪，扛著槍走遍復興崗上每條道路，托著槍小心翼翼通過總統府前。槍不重，它是我兄弟。

・

下部隊，用到武器的機會多了，當了官，拿長槍改成佩短槍；由於沒人管，九零手槍的維護和訓練都得自己來，與槍共眠的日子愈來愈長。

我是空軍防砲連的排長，連上有四零砲和五零槍，弟兄們則用卡賓槍。四零砲和四管五零機槍都是二戰期間的老傢伙，空戰幾無用武之地，近身纏鬥倒不能小覷；弟兄們每日出操保養，油亮亮的外表稍掩蓋了內裡的疲態。

在桃園五聯隊的外圍，我們負責空防安全，快移防金門前的那聲槍響，撼動了每位官士兵的心。內部安全顯比外部空防難以招架。

那是一位隔連的士兵，白天出操受到班長責罰，晚上站衛兵時心生不滿，以手中之槍釋放怒火，一個班就此永隔。槍無辜受災，人才是可怕的使用者，尤其最大的敵人是自己。

到了金門，那時還是「單打雙不打」的年代，通常我們都是槍不離身。有了槍，學新聞的筆只好擱置，我等著磨練那隻原本就不靈光的筆，希望能和槍一樣光亮且實用。

在戰地服役，時間是最好的朋友，生活則千篇一律。看陣地、陪弟兄、注意戰情、監督行政，忙碌之餘，腦筋也要動動，我思索著寫些雜文投稿，看看有無用武之地？

先從在校見聞寫起，再談戰地所思。《金門日報》副刊給了我發表機會，讓我得意而不忘形，總算能有帶筆從戎的感覺，我對副刊編輯的錄用真是感激萬分。日後，我坐上編輯、主編位置，仍不時想起前塵往事，對審稿及選稿之謹慎一如在金門時的遭遇，願有志寫作的人都能得到好機會。

寫稿只能偶一為之，一方面是讀書不夠力，下筆如遇鬼，另一方面是部隊事情永遠做不完，而與槍有關記憶猶存的有二事。

一是隔壁連排長自戕，一是陸軍資深軍官負氣離營引致雷霆演習之舉。

先說隔壁連的慘狀：該連連長晨起佩槍巡查陣地後回到寢室，將槍暫放於桌上，排長敲門入內坐定，連長回身擦臉突聽到槍響，再回頭奪槍時，寢室門被班長踹開。巧中帶巧之事，讓此案眾說紛紜，增添滿多想像。

經調查後得知的狀況是：該排長有感情因素困擾著生活，想和連長交談傾吐，見桌上有手槍，一時想不開自盡了事；連長回房未依規定安置槍枝，釀成大禍。其實該連長是位負責任、愛士兵的好長官，我們知道他遭受嚴重處分，心有戚戚焉。

另一案例是：陸軍有一資深軍官和上級發生言語衝突，撂下狠話離營。由於該軍官曾參與滇緬作戰，熟悉野外求生，為免他犯下更大過錯，金門全島實施戒嚴，一時間風聲鶴唳，嚴重干擾各駐點官兵的生活與戰備。

就在大家神經緊繃到極點後，本營一位士官晨起帶狗跑步時發現了那位軍官遺體，大家終於鬆了一口氣。據稱那位軍官帶著槍枝和不少彈藥，可能畏罪自殺未嫁禍於無辜。

自此之後，我們更加提高警覺，對自身武器和官兵身心狀態嚴加掌控，以免稍一不慎，禍端上身。槍就如同水，能載之亦能覆之，唯小心謹慎為上。

在金門待了一年快回台之際，陸軍金東師馬山連長林正義叛逃事件，再度引起一陣騷動，幸好當局處置得宜，兵力部署轉換，金門仍是固若金湯，可見得，從槍枝管制到兵力配置都關乎安全甚巨，絲毫馬虎不得！

經歷中美斷交的陰鬱，我和部隊重回台灣戍守；在戰地稍能帶筆從戎的歲月，始終存留腦際不能或忘。

．

歷練完輔導長職務，很幸運地能回到軍種出版社服務，我隸屬空軍卻到了聯勤總部服務。那是掌理國軍後勤補給的大單位，研發生產製造槍砲是主要工作，我這個空軍小上尉大開眼界。

總部旁是野戰砲製造廠，三峽是大砲生產地，其旁是飛彈研發生產重鎮，俱都在山中，隱蔽掩蔽良好，外人無從窺之，我們也總是拜記者參訪之便，才能入內一探究竟。

南部的高雄有二個廠亦和軍火有關，一個是市區內的槍枝和子彈生產廠，一個是郊區的炸藥廠。

這些兵工廠大都自大陸各地遷來，供應著國軍戰備整備的支前任務，二代人薪傳接續為國防工業打拚，令人敬佩。只是軍工廠事涉機密，我們難知究竟，能報導的有限。

在出版社要學編採寫，光是三日報的編寫校印就忙得不可開交，真正算是

「帶筆從戎」了。我雖然只在總部待了不到兩年時間，著實學到不少新聞基本專業技能。

編輯、撰稿、校對看似平常，實則學問很大，有時真恨帶的筆不夠銳利，只有跳腳的份，幸好社長的指導和學長的協助總能度過難關，讓不帶槍的軍旅生活多采多姿。

聯勤的主要工作是支前安後，從字義上可知就是支援前方作戰、安定後方生活，總部內八大署處的工作我們都要曉得一些，才能掌控到報導重點，新聞官雖是前後期學長學弟關係，由於業務繁忙，誰都無暇顧及他人，只有靠自己打拚，否則開天窗如何是好？

兵工廠是聯勤的重頭戲，報導重點和新聞發布皆以此為重心，忙碌之餘，我仍對槍砲種類不熟，「帶筆從戎」的第一步和帶槍帶兵還是有段差距。

至於這支筆磨得夠不夠犀利，只有自己知道。我非常信服社長林上校的一番期勉：「一流的新聞人是又快又好，二流的是快卻不好，三流的是不快卻好，最末流的是不快又不好。」我給自己打了勉強及格的分數。

一分機緣，讓我上調至總統府第三局典禮科任職，稍中斷了帶筆從戎的歷程。

在總統府將近二年的服務之後，我又有了機會，改調至國防部出版社任職，那是真正磨練筆鋒的所在。

從調離部隊後就碰不到槍的我，至此以筆代槍，進行著保家衛國的重任。聯勤是一軍種，自有其任務和使命，筆尖離不開軍中那一套；國防部出版社則完全不同，它是文宣作戰單位，肩負著文字作戰的使命。

我先在《國魂》月刊任職編輯。編輯是校對和行政的執行者，很少有機會深入核心，《國魂》又是以政論性為主的宣教刊物，我幾無用武之處。

幸好，我的主編張上校給了我表現機會。政府開放探親後，刊物尺度亦開，張主編要我從外國人寫大陸的著作中，寫些觀感文字並帶上評論色彩，專題名為〈揭開大陸紅色的面紗〉，寫了二年多，頗受本刊評審老師稱好，我感謝著張主編讓我有信心和能力在出版社立足。

真正握住了筆，感覺上較拿槍更為沈重，我珍惜著每次撰稿機會，更加充實自己在各方面能力的不足。由於和文宣主管單位熟稔，我被指派加入莒光日電視教學《柳營細語》單元撰稿，開啟了投身文字寫作的契機。

在這之前，我已獲得國軍文藝獎報導文學類佳作的激勵，用心於文宣工作上。鈍筆百磨稍漸露些光，在對敵作戰和雜誌編採上盡了一分力，系訓「秉春秋之筆．明善惡之辨」始終鞭策自己需努力向前。

任職《奮鬥》、《革命軍》、《國魂》、《勝利之光》主編期間，參與不少國軍重要宣教任務，更加明白筆的力量無遠弗屆。做為一個帶筆的軍人，我的責任重大，更對「帶筆從戎」有了親身體驗的臨場感。

・

畢業後二十年，我選擇退伍，一方面是在專業單位歷練已過高峰，一方面是江山代有才人出。新聞系畢業學生能帶筆從戎的機會不多，我既已完成階段性任務，就應交棒薪傳，讓宣教工作得以永續傳流。

其實，我一直未離開雜誌界，且承命在莒光園地電視節目中寫影片旁白，還是有「帶筆從戎」的感覺，《中華文化之美》單元讓我增長不少見識，鈍筆也漸次磨亮，持續為新聞雜誌界的尖兵，為守護中華文化而戰。

如今每到漆黑夜晚，我總不期然想到在官校入伍站衛兵的那一幕。現在我有筆如槍，手心仍常沁著汗水，恐是戒慎恐懼心作祟；筆比槍的力量更強大，我願持筆如槍，善盡新聞人的那分關懷與責任。

卷三　在出版長河留些溫度

終日與文字為伍的工作，是編輯者的專利。人和書的對話，是生命的碰撞。

軍人與編輯者距離很遠，但以筆為槍的志業，驅使著少數軍人完成出版人的任務，直至退伍仍能延續，拉近了文武之間的距離。

一直在字稿、書堆中埋首其中的人，不會忘記正知、正見的信念，更懂得在沒有煙硝味的戰場，如何克敵制勝。

軍人結合編輯者，總能在編織文字中留下溫度。

《新中國出版社》點將錄（民國七十二年至八十六年）

緣起：

在軍中服役二十年八個月，除空軍防空砲兵二〇四營第四連、聯勤總司令部出版社、總統府第三局典禮科外，國防部出版社是我服務的第四個單位，也在此退役返鄉。緣於為單位留下紀錄以續史料的心志，謹將在單位所見人事予以描述，由於主觀成分居多，臧否必然有誤，只求無愧於心而已。

我於民國七十二年九月（依府令延至十月）進社服務，民國八十七年四月《青年日報社出版部》退役。歷四任社長、一代理社長，及民國八十六年七月併編為《青年日報》階段。於此期間所見諸人，依期別陸續寫下：

王傳璞先生：新聞系四期畢業，時任上校副社長。清癯寡言，不問編務。我原應九月到職，因故遲至十月底才報到，任《國魂綜合》月刊編輯，即是補上裁併《新文藝》月刊編輯缺額之故。王先生係《新文藝》月刊主編，沒了編務，多了落寞與寂寥，就等著役滿離退；編輯人兼作家失去舞台，像將軍離開戰場，那時的王副社長即是如此。

王先生主掌編務以精細著稱，常為用詞與標點符號用法與編輯相爭，致不歡而散；也可見先生之嚴謹。那時，他開一小車到社上班，停至陰涼處，常大開四車門久不關上，應是通風散熱之舉，被我們戲稱為「小飛俠」，和他的孤傲有些相應。

羅卓君先生：新聞系五期畢業，時任上校社長。才情雙具，思慮周全。我是社內政戰業務參謀常與先生接觸，可能是我自總統府調入，先生信任我，公文看一眼即批示處理。先生來自《青年日報社》任總編輯多年，到社歷練顯為接掌該報預為培訓，而社內正逢廣告業務擴增、各刊發行量增加之勢，爾後先生離社調回原單位任社長晉任將軍，毋寧是機緣順風。

羅先生專業出身，看稿及處理行政事項快而決，絲毫不拖泥帶水，略帶湖南腔的國語也是快而定，是位容易親近的長官。先生喜雀戰亦能歌善舞，生活精采自不待言。

何共清先生：藝術系六期畢業，時任上校總編輯兼《革命軍》月刊主編。何先生獨處一室，很少講話，看公文亦是一刻即定，甚少詢問。辦公桌上通常以他的插畫和漫畫作品居多，有時在刊物上看到的人物插畫作品，神似其人，會讓我覺得：畫家筆下人物形神，活脫就是己身印模。

先生待人和氣，由於是總編輯職務應照看各刊，通常我們呈上刊物藍圖後，先生都會細心翻閱，偶爾給些意見。之後服務達上校年限退役。

趙伯齊先生：政治系八期畢業，時任《賞罰公報》月刊中校主編。先生湖南鄉音頗重，很不容易聽得懂他的話，但風趣博聞，筆下功夫亦佳，是很好相處的長官。

《賞罰公報》是國防部人事參謀次長室委請本社代編的一份刊物，只有文字和編排作業，內容由聯一供稿。趙先生非新聞專業能在此服務，可見得梳理文字能力優異。而後以中校及齡退役。

張作丞先生：新聞系九期畢業，時任《國魂綜合》月刊上校主編。張先生在文壇以詩及散文早具名氣，文風雅淨，說話精簡，一派文士作風。下筆輕快，編稿周全，將硬性文宣刊物，適時加入文學興味，提高刊物可讀性。

先生看稿速度極快，刪修標題緊扣題意兼及韻味，在社內無出其右。而後晉任總編輯、副社長，直至代理社長，對同仁呵護有加。

先生任職《國魂編合月刊》主編時，適逢該刊發行五百期，獲當時新聞局贈獎表揚，亦可視為對先生投身文藝工作多年的高度肯定。而後以屆齡上校代理社長退役。

陳霽先生：新聞系十二期畢業，時任《勝利之光》畫刊上校主編。陳先生高大挺拔，攝影功力深厚，曾獲國軍文藝獎及國家文藝獎，每期自劃版型精編，不假手他人，《勝利之光》畫刊當時為首屆一指全彩以照片為主的月刊，在先生巧手下，光芒熠熠，常獲各項大獎。

先生反應機敏，文筆清暢，企圖心強，在社參與深造教育，認真學習，得以升任總編輯、副社長，進而社長職務，為社內第一人。更因績效優異，改調升青年日報社少將社長，直至退役。

徐茂珊先生：藝術系十二期畢業，時任《勝利之光》專題製作組中校組長。徐先生自《金門日報社》調入本社，熟悉報社編採實務，水彩素描功力深厚，受限於學、經歷不完整，始終未有升遷機會。先生淡泊名利，喜繪畫，爾後接編《賞罰公報》月刊，屆中校最大年限退役。

高全喜先生：新聞系十三期畢業，時任《奮鬥》月刊中校主編。高先生嚴謹自持，學識淵博，條理分明，辦公室整潔敞亮。爾後晉任上校，再循序接任總編輯、副社長職務，以上校最大年限退役。先生做事精細，編稿經驗豐富，接編《勝利之光》畫刊兼主編時，重用各編輯同仁能力，鼓勵學習，為刊物一新風貌。

湯新亞女士：藝術系十四期畢業，時任《吾愛吾家》月刊中校主編，後晉任為上校主編。湯女士認真幹練，全心全力於編務，順應時勢，將月刊發行量推至百萬之冊，創下中華民國雜誌史紀錄。

湯女士另在該刊全盛之際，舉辦讀者聯歡會、座談會、讀者服務等大型活動，甚獲好評，亦開軍中雜誌深入民間之先河。之後，為鼓勵後進，提前以上校階級榮退。

金開鑫先生：十四期藝術系畢業，時任經理部中校總經理。先生為人幽默，處事明快，是受部屬愛戴的好長官，本身繪畫功力亦佳。督導社內行政業務，有為有守，本社自新生北路搬遷至文化大樓，策劃完整，居功甚力。

先生談笑風生，風度翩翩，一派名士作為。中校退役。

唐健風先生：十五期藝術系畢業，時任《勝利之光》畫刊中校專任攝影。先生為攝影名家、名畫家，風趣幽默，待人和氣。之後接任《吾愛吾家》月刊上校主編、總編輯、副社長，並於總編輯任內兼編《勝利之光》畫刊。

先生交遊廣闊，編刊能力遊刃有餘，攝影及國畫人物作品十分出色，是文武雙全的藝術家，獲獎無數。之後以上校最大年限退役。

袁起龍先生：十六期政治系畢業，時任經理部少校副總經理。先生高大白淨，與人為善，反應快捷，機巧靈敏。當時社內廣告業務方興未艾，先生奔走招募，致使業務大增，對社內經費能多方運用，居功厥偉。

先生以政戰官職稱入社，在新聞專業單位難以發揮長才；唯接掌廣告業務和行政業務後，使得社務觸角與民間單位交流頻繁，對社務發展盡力甚多。之後以中校總經理年限退役。

孔繁定先生：十六期新聞系畢業，時任上校社長。先生民國七十九年調至出版社任職，做事嚴謹，思慮周密，頗具一新耳目之感。在社領導期間，五刊蓬勃發展，文宣任務執行妥適。之後任《青年日報》社長晉任少將、國防部軍事發言人、總政戰部副主任等職。

先生宵旰憂勤，事必躬親，對各刊內容及行政、廣告業務均謹慎以對。亦對同仁進修、習藝、休閒等事項極為重視。

朱華進先生：十八期新聞系畢業，時任上校社長。先生軍中資歷完整，自政戰部心戰處副處長調入本社，敦厚精明，為本社最後一任社長。後任《青年日報社》副社長兼出版部主任，上校退役。

先生以看守社務之態到社服務，善待部屬，不加重編務及業務能量，規律從公，精簡人員，為本社劃下完美句點。

蔡濟華先生：十九期新聞系畢業，時任上校副總編輯。先生自《馬祖日報》上校社長轉入本社服務，初為《勝利之光》畫刊專題組組長，後為《奮鬥》月刊主編、《國魂》月刊主編，再轉調其他單位，以上校階退伍轉任公職。

先生學識豐富，具新聞、廣播、雜誌出版專長，有為有守。

楊晨先生：二十期新聞系畢業，時任《勝利之光》畫刊編輯。先生笑口常開，謙和自持。在社工作一段時間後，留學美國修習研究所課程，回國後仍回本社服務。以中校階退役。

陳璽國先生：二十期新聞系畢業，時任《吾愛吾家》月刊編輯。之後歷任

《賞罰公報》主編、《革命軍》月刊主編、《國魂》月刊主編晉任上校，以上校階退役。

先生出生金門，個性沈穩，學識厚重，喜新詩散文，現改名為陳希瑞。

宋德瑞先生：二十期新聞系畢業，時任《國魂》月刊編輯。之後歷任經理部副總經理、總經理晉升上校，離社後任《青年日報社》上校主任退役。

先生天資聰穎、反應敏捷，學能俱佳，善待部屬，具經天緯地之才。

王澤宮先生：二十二期新聞系畢業，時任《勝利之光》畫刊專任攝影。之後歷任副總經理、總經理後，改調《青年日報社》晉任上校。以上校階退伍。

先生秉性忠直，身材魁梧，擅言語溝通及領導統御能力。

張雨時先生：二十二期新聞系畢業，時任《吾愛吾家》月刊編輯。之後歷任《革命軍》月刊主編、《吾愛吾家》月刊主編晉任上校，進而總經理、總編輯，併編後為《青年日報社出版部》任上校副主任，而後轉任公職。

先生精明幹練，沈穩行事。

侯一罡先生：二十四期新聞系畢業，時任《勝利之光》畫刊編輯。之後升任該刊專題製作組中校組長，回校接受深造教育後，改調國防部新聞處晉任上校。先生資質俱優，為人謙和，文筆流暢，策畫能力強，深受長官器重，曾獲國軍文藝獎殊榮。

趙明強先生：二十五期藝術系畢業，時任《國魂》月刊美術編輯。之後升任《勝利之光》畫刊中校專任攝影，再轉調回政戰學校藝術系任教官一職。先生文武全才，繪畫、書法、攝影功力一流，退伍後赴中國大陸取得繪畫碩士學位，先後得獎無數，出版專書數冊，列名當代著名畫家。

徐卉卉女士：二十五期新聞系畢業，時任保防官兼《吾愛吾家》月刊編輯。併編後接任《吾愛吾家》月刊主編晉任上校。屆最大年限退伍。徐女士精靈善思，能言巧筆，交遊廣闊，對刊物精進甚有裨益。

王雲龍先生：二十六期新聞系畢業，時任《國魂》月刊編輯。併編後接任《國魂》月刊主編、《勝利之光》畫刊主編晉任上校。以上校階退役。先生文思敏捷，文采豐美，曾獲國軍文藝獎及《聯合報》文學獎，為社內第一人。待人和善，中規中矩，是受同仁敬愛的作家主編。

本人謹將人物介紹至二十六期（六十八年班）畢業生，乃因本社發展至民國八十年後，面臨併編困境、人事更迭較慢，且升遷需深造教育學資；致多數後進人員到社、離社頻繁，服務時間不長。

而後期學弟妹出類拔萃者甚多，軍職者多在離社後進修歷練得以晉任上校，轉任文職者亦有晉升至部會司長、處長職務，俱為各行業之佼佼者，可見得出版社人文薈萃，地靈人傑。

除軍官前後接力奉獻己力外，《國防部出版社》運作成功、社運日升的另一關鍵，是聘雇人員合力堅守崗位所致。早期編輯部門外聘人員僅《勝利之光》編輯陳英玉小姐、《吾愛吾家》編輯喻碧芳小姐，而後加入《吾愛吾家》美術編輯李莉萍小姐，其後有《吾愛吾家》編輯劉麗真小姐和《勝利之光》畫刊美術編輯汪慕慈小姐、翁雅慧小姐等效力。

經理部門的資深員工，則有王德富先生、袁槐長先生、老唐先生、鄭廣集先生、蔡素芬小姐、曾小鳳小姐、張素瑛小姐等人。

此外，國防部女青年工作大隊退役的優秀隊員，經遴聘到社服務後，亦能帶進主動風氣，提升工作效能，對社務推展和移轉均有相當助益。

《國防部出版社》對外名稱為《新中國出版社》，肩負文宣作戰之任務，數十年來，克盡職守，堅守崗位，創出榮耀，這段歷史將永留歷史長廊，為後人所讚頌、緬懷、追憶。

有錢單位能作怪？

「有錢好辦事。」應該是一句鐵律。服務的單位如果有錢，真好！

我服務過的國防部新中國出版社，就是如此。只是經費都依法而來，依法使用。

為什麼單位會有錢？除了預算之外，另有「生財」之道，是以致之。

出版社的生財之道除了賣雜誌之外，就是可以收取廣告費，廣告費是筆額外收入。

民國七十二年我進入出版社服務，社內有一「經理」部門即掌理廣告業務，當時總經理金開鑫中校、副總經理袁起龍少校均笑口常開、精幹過人。

開鑫先生為十四期藝術系畢業，繪畫功力了得，說話字正腔圓，待人風趣幽默，過沒二年退伍了；起龍先生為十六期政治系畢業，高大白淨，機敏靈光，任總經理後廣告業務激增，樣態就更像似一名成功的商人了。

以往，我只在總部級出版社服務過，領過一般軍人都會核實開列的加班費、出差費等，以及額外辛苦自寫的稿費，來到國防部層級的出版社則多了不少福利和刊物可用的經費。

福利分二類：一是社內自強活動多，一是常收到廣告試用商品。這些都是各刊刊登廣告之功。

當時國內各項建設進步，經濟活動暢旺，軍中雜誌觸角亦多深入民間，以求擴大參與。廣告為雜誌內頁之一環，對雜誌有加分效果，因此上級長官的前瞻決定，促使社內廣告業務大興，在跟上時代腳步之餘，也因預算增多，讓工作者能獲得較多獎賞的機會。

而在軍中依法行政的要求監管下，所有經費均有法定程序運用與結報，讓出版社社務運作縝密而前行，直到併社為止。

起龍先生之後為宋德瑞先生，為二十期新聞系畢業，接續者為王澤宮先生，為二十二期新聞系畢業，再接續者為澤宮先生同學，二十二期張雨時先生。民國八十六年七月一日，本社併編入《青年日報社》，成為《青年日報社出版部》，個人即為《新中國出版社》末任總經理，任期為一年六個月。

我的一年半任期已是廣告業務走入谷底時期，甚至不再聞問，由社長親予監管。是怕我過於依章行事？或是有意削權立威（亦削我人事管理之權）？我都不予理會，軍人只要聽命令行事，即無可議之處！

出版社結束之日止，我已在社服務十四年多，歷編、經二部磨練，自是了解其中原委，廣告費運用得當與否？在激勵士氣、提高福利方面，確有實質效益，至於人謀行事有無可議，則我心知肚明，亦無從查證，就讓清風拂過，隨單位消失而散場了。

有錢的單位是否能作怪？視主事者的心態何為了！

生態叢林走一回

我的單位，有點像現代社會的縮影。說它「有點」是人數不多，代表性不足；但若拿出「國者人之積．人者心之器」之類的名言來觀察，則「有點」可以強化到「似乎」，值得想想、看看了。

這樣的組合，往往有幾個特點：

一、老中青混雜，各有一片天。且自私自利，各擅勝場。

二、說的比做的多，應付的比認真的多，假意的比真情的多。

三、表面一片平和，人人保持微笑，使人際關係的摩擦減至最低程度。

以下是幾位核心人物的描繪。

甲

甲君是主官，風度翩翩，印堂光亮，是無可限量的將軍之才。自銜命接任後，孜孜矻矻，夜以繼日，尤其能言善道，切中時弊，儼然以「溫和的改革者」

自許、自況。

初到之日，集合眾人提示一番，語多玄機，軟中帶硬，硬中帶軟，卻丟下一句眾人驚愕的話：「我從不鄉愿，請大家好自為之。」

「不鄉愿」在一個有三十幾年歷史的單位中，是多麼難能可貴的決心。頓時眾人面面相覷，自然有人懷疑、有人欽敬、有人冷笑……。

事實上，這或許是甲君的「順口溜」罷了。環顧單位內，下屬左右手俱是同校的高年班學長，他又是好好先生性格，真要因做事而惹出做人的麻煩，他是不會做的。

可是「說出去的話．潑出去的水」，縱然沒有人會用「事實檢驗真理」，對甲君總是有些心理負擔。他想，只要有幹勁，一切都可迎刃而解。

首先從人著手，而後立些制度，最後再控制錢。

上任甫三個月，他就把一個重要職務交給了年輕的學弟，確實令人刮目相看。幾十年了，單位內雖然也有一些破格晉用的事情發生，可都是水到渠成，實至名歸；像這樣的做法夠讓人佩服的了。

甲君為了安撫被換掉的高階學長反彈，還刻意在命令上求得圓滿。他告訴學弟：「我給你機會表現，但你是平調而已。」又告訴學長：「這次你的命令是調升，職務愈做愈高，恭喜你。」

這項命令的背後，是甲君以單位自編的主管加給，平撫了學長的不滿。他以為錢能解決一切的問題，卻忘掉了身負整頓濫用公款的重任。

「花點錢達到提拔人才的目的，那是值得的。」甲君始終這樣認為。既然已在人的培育上有了苗頭，接著就是全心全意，在本業上衝刺了。

甲君的工作精神確實好得沒話說，可是囉唆成癖，凡事緊張小心，在眾人間引起很大的反感。甲君當然也想到此點，他心生一計又祭出一貫的法寶——用錢解決問題。

自此之後，仗著單位可用之錢非常寬裕，三日一小宴，五日一大席，雨露均霑，好不快活。請人吃飯當然有單位內主要幹部參與，眾人盡歡後，齟齬少了，愈讓他增強了「金錢萬能」的信心。

甲君做事還有一項高招，就是處處、時時、刻刻要求「求全」，不論有無效率，一律拘泥於形式的完成，自然引得單位烏煙瘴氣。他又想出「聲東擊西」式的解決之道，加以應付。這套方法就是針對不同的人、不同的場合說不同的話。

反正遇問題即解決，本是主官高明的地方，他有的是時間和大家「玩」。以前的主官準時上下班，樂得升官發財，甲君是不屑此種行為的，他以國家興亡為己任，以單位榮辱為重責，所以夙夜匪懈，毫不懈怠；雖嘮叨如故，卻樂此不疲。

經過一段雷厲風行又看似溫和的改革後，沒想到他會被下屬擺了一道。一封密函抹黑了他在上級的完美印象，他花了不少時間澄清與闢謠，總覺得污點仍如影隨形，除了無奈，他也想到可能要改變一些做法以求自保。

最簡單的做法，就是說還是要說，怎麼做就因勢利導了。尤其說的要更動聽，表面工夫要更講究，眾人的意見要更虛心接納；不得罪任何一個人就可以功德圓滿。

而他自己也做了些調整。首先是除了薪水以外，一分錢不沾，以求自清，多少想謀得君子和而不同的風骨，其他人的「福利」則口緊手鬆、表硬裡軟。至於他自勉的「政策錯誤比貪污還可怕」只能棄車保帥，相應不理了。此外，是不動聲色，任何有關他的傳聞均避而不談，以清教徒的形象試圖扭轉情勢。

當然所謂的理想、抱負、責任、榮譽那些事，聽天由命吧！升階的壓力誰都有，犯不著和自己過不去，只是午夜夢迴總有些遺憾：幾十年工作是為了什麼？讀聖賢書又是為了什麼？

答案當然有，只是不能明講、不能明做，環境如此，個人又能奈何！

乙

乙君是單位副主官，資格最老，一副老氣橫秋之態。用他自己講過的話來描繪，似乎可以把他勾勒成這個樣子：

一、嫉惡如仇，可為公義一戰。

二、負責盡職，堪為單位典型。

三、中規中矩，做事一絲不苟。

四、守法守分，厭惡爭名奪利。

這樣的形象在還沒有成為單位大老之前，確實有些表現，他也時時以東北人特具的傲骨沾沾自喜。不過，真正面臨考驗的是，上級居然派了比他小三屆的學弟來當主官，他這個副主官有些尷尬了。

幸虧乙君是有定力的人。他想：副主官最好，人事、財務不過問，蓋章吃飯不苦悶。他只需把分內事做好，學弟長官也莫可奈何。

正因為他著力於單位內的另一個重要兼職上，副主官對他來講，聊備一格而已，只要專心把兼職做好，其他的事並不重要。

乙君也確實把他的兼職做得有聲有色，不但革除不少陋規，還把財務打理得不錯，儘管大環境對他不利，起碼在單位內還具一定聲望；當然主要的是還有五年多才被迫退休，他可不能半途而廢。

偏就是那個被主官拔擢的小學弟有些彆扭，因為他的兼職和學弟相當，本職卻又高過很多，做起事來要兼著不能以大欺小，不那麼容易。正好這個兼職和小學弟的工作有些業務上的關連，衝突自是難免。

他始終不明白小學弟究竟在爭些什麼？該給你的都給了，大家馬虎一下又何妨？雖然動了幾次肝火，話到嘴邊還是嚥了回去，他想：我走迂迴路線好了。

在幾次爭執之後，他把小學弟請到辦公室閒聊，用詞懇切，真情溢於言表，一切以小學弟意見為主，他完全尊重也完全配合。就在學弟踏出門口之後，他習慣性拿起電話指示：一切照常處理，先前的承諾轉瞬隨風而逝。

這是他第一回合的勝利，也印證了權力就是實力的老話。在這個頗有錢的單位大家唯利是圖，他想：不在本職上做些利己利人的事，整天談制度、公理、公義，都是老掉牙的迂腐之見，還是同流比較識時務。

儘管他以前也是改革的鼓動者，可是為了生存下去只有改弦更張、謹慎保守起來，卻沒想到此舉卻讓他輸掉第二回合。

主因是他的兼職是挑戰性相當大的文宣刊物，不花腦筋沿襲以往，照舊也能有模有樣，可是缺乏創造性和人的思考力，當下屬有強烈自發意識時，帶給他莫大困擾。

本來他以兼職為籌碼培本固元，若放棄兼職，以他目前的處境很難熬到最大年限，他自己也常琢磨：該留點餘地給別人，自己和牽手都已領到月退俸資格，可是此地環境良好又有利可圖，平白放棄有些可惜，再說，前面的學長不也是一直熬到底，怎麼到了他就得要改變？他實在難嚥下這口氣。

當改革風潮日益緊逼時，他的倔脾氣開始發作。他想：大不了不要兼職，我同樣能熬到最後一天。果然，在眾人驚愕聲中，他壯士斷腕地辭掉兼職，不問世事。

這招果然有用，學弟長官為了安撫他的失意，還是交了分簡單的刊物讓他編，並且說明這份刊物係獨立作業與其他部門無關，免除不少困擾。他平心靜氣一想：除了少拿點錢，困擾一掃而空，何樂不為！

從此，他謹守副主官原則，不過問編務。他認為：只要我守本分，沒有人能奈何得了我，至於改革是不可能的事，學弟們的前程總有一天會等到，急什麼呢？

丙

丙君是單位內一級主管。位列甲、乙君之下，為第三號人物；因為只有一個一級單位。

說起丙君，他的資歷、輩份只在乙君之下，連主官都得稱呼他一聲學長。只是託乙君之福，比較沒有碰上正面逼退的浪潮而已。

他在當下屬的時候是出了名的好好先生，升到第三把交椅的時候，仍然待人和氣，從不疾言厲色對待部屬。他是畫家，人緣極好，所以辦公室內人聲鼎沸，一片欣榮景象。

不過，世間上的事禍福難料。自他熬上當了主管後，心想：下屬俱都勤勞負責，當主管不用太費心，可以好好當上幾年，也算一償數年忍氣受苦的報償。不料學弟主官的想法與他大相逕庭，衝突自是難免。

然而，甲、丙君的衝突是種外人很難觀察到的「內心戲」演出。表面上，甲君每在會議中明捧暗嘲，丙君則紋風不動；私底下，甲君畢恭畢敬地登門請益，謙恭如一；丙君則一切如昔，不受任何風吹草動而有所改變。雙方較勁始終沒有交集，平添了不少無奈、無力和惆悵。

最明顯的例子，是雙方都使用間接手段打擊對方。透過第三者訴苦，爭取同情，卻絲毫不深自檢討、明白說話，把事情變得更複雜、更難以收拾。

對丙君來說，衝突是他所不願見到的。他性情溫和，交遊廣闊，說實在的，沒把主官看在眼裡，只是做為下屬，他也知盡心盡力，總是大家能把事情做好就行，犯不著婆婆媽媽地非要搬出一番大道理不可。

不過，「人在屋簷下，豈能不低頭。」為了適應環境，也避免尷尬，他乾脆來個相應不理，你說你的，我做我的，只要沒有大錯就可以，效率好不好，倒是沒有人會注意。

和乙君情形相比，他的工作困難度似乎高了些。那時乙君的兼職是歸他管的一個部門，以前從沒有過困擾，因為各自為主，各領封地，頭銜只是印在名片上的字，無關緊要。現在甲君來了，一切得照制度，這個主管旗下有名義上的長官，壓力當然不小。

其實，真正的壓力是在小學弟和副主官的衝突中，他實在不知應扮演何種角色？幾經爭執，連一向溫和的他都想早點退伍，萌生退意了。

他是早有外出打拚的實力，某電視台早重金禮聘讓他動了離開的念頭。只是，要他放棄剛到手的優渥地位與權勢，「捨不得」讓他打消了再闖名堂的念頭。他想：一切順其自然、不要強求豈不更好。

所以，遇到衝突他總能四　撥千斤。多安撫一下、多讓你發洩一下，「我當個垃圾筒也可以啊」，反正在他的觀念裡，天下沒有什麼解決不了的事，不要庸人自擾，多交朋友、多爭福利，才是正途。

提到交朋友，那可有著很多人學習的地方。他不吝惜於把朋友介紹給同事，反正大家一起工作，一起賺錢，朋友不會因介紹給同事而與自己疏離；相反地，掌控媒體讓朋友作家與編者互蒙其利，這個算盤無論如何都能打得好。

由於朋友多，人際關係自然複雜，外務也跟著水漲船高，丙君最討厭別人誤會他是為了爭利而做外頭的事，有時候他捫心自問：為朋友兩肋插刀、盡心盡力，乃人之常情，卻常遭人白眼，真不知招誰惹誰了？

問題當然出在甲君身上。甲君是最痛恨不顧本職而專營外利的人，但為避免爭執只好冷嘲熱諷，造成大家面和心不和。丙君雖不願意這種局勢的發生，可也對甲君的吹毛求疵相當不滿，所以我行我素，擺明了其奈我何的態勢。

不過，對下屬的反映，他還是挺重視的。為了使大家樂在工作不會抱怨，丙君運用了他的人脈手腕，使下屬單位互通有無，打破以往人為藩籬，使大家同蒙其利，加上經常聚餐閒聊，即使表面上他承受主官不少壓力，總能借力使力地將問題迎刃而解。

基本上，他是下屬眼中感覺較好的長官。

也不知是環境使然或是本性如此，歷經幾次風波後，雖無改於他的拖拉、散漫習性，倒逐漸把他的指揮本能給激發出來，好幾次「我說了算」的重話，把他和下屬都嚇了一跳。

畢竟，脾氣再好的人，也受不得別人一再有逼退動作的威脅，其實不論下屬有否動作，他總認為：在這個單位和和樂樂的，每個人都能分杯羹吃，打破了碗誰都得不到好處；上級叫你做什麼就做什麼，為什麼有那麼多意見呢？

像他這樣走來已十多年了，再多走個幾年又何妨！

丁

丁君是單位內的小學弟。論資歷不算小，論畢業年班就淺得多了，不過可能是平素表現不錯，蒙主管青睞，在甲君接任主官不到三個月就被賦予重任。

初接重要職位時，丁君心裡挺矛盾：依單位傳統，面對眾多高年班學長，雖無業務相關困擾，但要想有所改革、突破，勢必牽動全局，後遺症足可預見。可是主官信任有加，只有努力以赴了。

實在說，在專業掛帥的單位內，專業能力是可倚靠的本錢，丁君也確實在就任之後展露了這方面的長才。不過，面臨一些非專業事務的不順遂，挑逗出小學弟的急躁個性，在形勢推移下，終於將做事的機緣虛擲於做人的無奈中。

在別人眼裡，他成天只高談闊論制度、公平和改革，卻不了解在這個單位做人比做事重要；大環境無法改變是事實，不是主官信任就能大言不慚，置學長們的學識、顏面於無物。

他自己心中也常有這樣的糾葛：以前所待的單位每個成員都是誠心做人、忠心敬事，為什麼這個單位那麼不一樣？何況大家系出同門，只是畢業先後而已，相處了十幾年，為何大家的想法做法仍有相當大的差距。

他把直覺告訴了主官：那是人心貪念所致；其實誰無貪念呢？唯求心的公與私判別而已。主官相當同意卻表示已盡了最大能力矯治，要有心人一起努力。

主官話雖講得漂亮，但不知何故總是投鼠忌器，在做法上就只見繁複囉唆而不見雷厲風行。當改革之勢幾經波折之後，形式化逐漸取代了實質性，革新的泡沫終於幻滅。

事實上，這整個過程的複雜多變，非主官、副主官、主管和丁君四人，是不容易體會得來，就像丁君講的，只在一個貪字上，結果四人各自拚命找理由降低貪念的可議，卻渾不知正是欲蓋彌彰，反倒把認真做事、加強溝通、興利除弊的要務，拋諸腦後。

丁君有升階的欲望是他從不諱言的事，可是除了升階外，乘時汰弊更為重要，眼見高階學長並無意配合新任主官的進取，而採敷衍甚至不理睬的心態應付，那種內心的苦楚，礙於階層有別而不能盡述，十分難過。

他常這樣想：人雖不斷從生活與學習中，得到智慧與經驗，卻常因適應環境而改變道德標準，使得長久以來的自我價值判斷有了混淆。究竟做人只在送往迎來的屈意奉承？還是做事必須講情面、打馬虎，撈一票是一票？

不過，最讓他不解的是：在這個肩負著社會教育重任的媒體工作，似乎讓人更看清時下官場「說一套、做一套」的本性流露。一個人儘可以滔滔不絕地對所有不滿事物加以批評，卻很少願意做一番自我檢討，真正從自己做起，而後要求別人。

長久下來，「說實話」是別人的事，自己則是想辦法讓自己的話能夠自圓其說，主要的因素還是自己的那分地位與私利不能觸及，其他則天馬行空，應付了事。

面對困局，丁君採取避世做法，不再聞問單位內的事；因為莫可奈何，才能利己利人。縱然在單位內每個人都是過客，他這個過客已然盡了本分。

·

在這樣的單位工作，從樂觀的角度來看，反正表面一片祥和，福利不錯，只要不管別人就沒有人會管自己，要不要把本職做好，全看個人內心的自發而定，不需要太操心，也不必杞人憂天，無怪才有人公開宣稱這裡是個「好所在」呢！

只是，若從責任榮譽和自我要求的角度觀察，頓時會讓人墜入五里霧中，無奈無力取代了積極向上，自私自利淹沒了人性尊貴；相沿成風，相互取暖，使得每個人能因無利害衝突而成為好友，卻因有利益爭奪而不能成為好同事。

人生如棋，世事多變，因緣相生，是非成敗轉頭空。在生態池彼此碰撞下，磁場能否相對應，是個難解的習題；尤其在爾虞我詐的時代中，是否仍有值得省思的一面呢？

公辦雜誌向前行

中華民國七十四年，可說是出版界最值得大書特書的一個年份，因為坊間的各式各類出版品，不斷地以各種專精而細緻的訊息加入市場，並且投入大量的宣傳經費，這是前幾年所看不到的景象；而更值得注意的，是政府的出版品銳意革新、展現新貌，作了許多重大的變革，普獲佳評。

首先，是代表軍方的《勝利之光》畫刊，完全突破以往型態，以生動、細膩、感性的畫面，編織美麗篇章。接著，《中央月刊》也改版發行，採用通俗而豐富的題材，以較軟性的編輯手法處理，展現出另一種新風貌。

而行政院新聞局出版的《光華》月刊，也在穩定中求進步，一直給人一種清新、亮麗、豐盈的感覺。此外，還有對外宣傳的《Free China Review》與軍方每週出版的《青年周刊》，也都保持了一定水準。

從這些政府出版品銳意改革，可以看出各級負責人員的苦心、用心與匠心，同時我們也可以了解到，政府出版品已不再只是公式化的宣傳品而已，從七十四年起，它將在各種傳播媒體中扮演著積極而重要的角色。也可以說，今天的改革只是一個起點，未來的歲月必將更為璀燦、耀目。

本文論述的重點，著重於政府出版品的如何編輯與設計，並結合目前改革的作法，提出興革意見，俾供從事出版工作者參考。

・

三、四十年前，出版界流行過這麼一句話——「如果你要害一個人，就讓他去辦雜誌。」真是道盡了辦刊的辛苦與辛酸。三、四十年後的今天，各種出版品如雨後春筍般蓬勃發展，儘管已因社會繁榮富足而不若過去那樣艱苦，但所面臨的競爭壓力，倒又形成了現在的一種憂勞；而在所有出版品中，由於肩負著宣傳重任，政府出版品尤能深切感受到這兩個時期的不同滋味。

究其主因，乃為政府出版品通常都被期望能扮演著最佳的媒介角色，但是因為不能適當地軟化特定文宣任務，以及人力與經費的不足、題材不夠新穎豐富等原因，使得出版品與經辦出版品的人都感覺得礙手礙腳，欲振乏力。

我們從下述三點，可以有所認識：

一、保守——無論是型式或內容，都被要求墨守成規，即令不是重要題材，也很少想去求變化，所以出版品顯得呆板而沈悶，讓人感覺得是千篇一律。

二、公報——由於是政府出版品，給讀者的第一個印象便是宣傳意味極濃的刊物，再加上沒有對題材做深入廣泛的報導與評析，久而久之，讀者便認定了這只是一份公報而已。

三、說教、訓令——由於文字內容過於嚴肅、僵硬，版面型式沒有變化，許多原本可以做通俗與親和力的題材，就成為呆滯地刊載，更遑論嚴正的主題了。結果全篇都是說教與訓令的總和，無法讓讀者接受與產生共鳴。

古人說：「以史知興替」，當我們了解了過往的缺失後，最重要的是要能從中策勵將來，也就是要改正缺失，重新建立新形象，其中最重要的便是新觀念的產生。

·

要建立一個新觀念並不是件容易的事，因為人的本位主義、自私自利心都很旺盛，總覺得別人不如我，連帶地認為政府出版品就是這樣，工作了幾十年還不是績效良好嗎？因此，要使得出版品進步，就必須在觀念上打破本位主義，虛心、耐心地拓展視野，然後才可期其成功。

根據目前政府出版品革新的現況，個人認為要建立三個主要的觀念，才能對出版品有所助益：

一、突破——從外到內、從文字到圖片，都應該有所突破，而且是有計劃、有原則的突破，讓讀者從驚奇而後到樂意地接近它、喜愛它；對出版品而言，則是脫胎換骨、再現生機。

二、創新——創新是所有傳播媒介所欲表現的目標，能創新就表示不落俗套，會創新就表示豐富蓬勃，所以政府出版品不怕擔負宣傳重任，反而要以此來做為創新的基礎，能夠將這些主題轉化成特點，豈不創新！

三、別具風味——無論是編排設計或內容，都應該拋棄以往八股的窠臼，用心地來創造別具風格的出版品，使出版品在突破創新後，能擁有一個獨特而明顯地風格。

當然，觀念的轉變並不是一蹴可幾的事，總要大家以鍥而不舍的精神，用力行來帶動整個團隊，才能由上而下、相輔相成，共同開創一個嶄新的局面。

．

在知識爆炸、傳播訊息一日千里的現時代中，與千百種坊間出版品競爭，確實是件棘手的難題。如果要想嶄露頭角、掌握優勢，除了要有新觀念外，如何編輯與設計，更是政府出版品所應擁有的一項高超技藝。

尤其是忙碌的工商社會裡，要想抓住人們閱讀的興趣，使他們從願意看，到不能不看的地步，那非得在編輯與設計方面下一番苦功不可。

編輯其實並不是一件很難的事，因為巧婦難為無米之炊，難在沒有素材，有了好的素材，再配上好的手法，就自然能廣受青睞了。

我們首先研討一下政府出版品的題材究應如何處理，這一點根據經驗，應該是「保有政府宣導意識，強化文章的寫作技巧。」

換句話說，主題要求真，題材要求善、求美。

中國有句俗話：「戲法人人會變，只是各有巧妙不同。」編輯人員一定要在真實的原則下，旁徵博引各種技巧，使呈現的內容細緻委婉，才能激起讀者的興趣。下列幾點是在編輯處理上應注意的事項：

一、去蕪存菁——這是一項人人會做的工作，只是如何真正地、正確地取捨，倒是一門大學問。身為編輯，總不外要多讀——讀參考書籍、多看——看各種同類成品、多學——學各種技巧，然後才能擷取精華、運用自如。

二、門戶開放——做一個編者不能看輕別人，也不能低估自己，一定要敞開胸襟，汲取別人作業的優點，創造自己的特點，如果把自己關在象牙塔中，就只能沾沾自喜而一無所成了。

三、尊重專家——中國自古文人相輕，但身為編者一定要有接受專家指導的風度，才能從中獲取許多意想不到的收穫。尤其在資訊發達的時代，專家之言絕不會無的放矢，愈是尊重專家，就愈能得到有利出版品的評言。

四、重視人才——在分工細密的現代社會中，集體智慧遠比個人卓見來得重要，編者在強化文章的寫作技巧方面，一定要大力重視人才，使得題材能由教條式轉化為輕鬆的對話式，用集體的合成智慧，做優良出版品的支柱。

·

當各種素材完整備齊、汰劣存優後，如前所述，下一個步驟便是如何扮演一位「巧婦」的角色。對出版品而言，編輯的外貌主要靠設計者的匠心獨運，才能相互合作，達到事半功倍的效果。以現代語言來說，軟體固然重要，硬體的表現更須一鳴驚人，而設計就是整個的重心。

出版品的設計工作，主要是在美化版面，使讀者愛看、樂看、搶看，身為編者自然須具備許多條件，諸如：美學的知識、色彩的搭配藝術、重點的如何設計與運用等等，總是要在符合出版品的發行宗旨下，做有計劃地變革，也就是能在一定的風貌下，做適度而靈巧的變化。

設計工作是一種美的組合與表現，除了具備學養外，還需要有敏銳的觀察力與豐富的想像力，讓出版品靈巧而富變化，而且不流於俗套與匠氣，謹提出三點，以供參考：

一、運用智慧——設計就是一種腦力競賽，也唯有透過思考的設計，才能面面俱全、無懈可擊。有人常把編輯者比喻是指揮家，可說是對編輯如何運用智慧的最好詮釋，首先他必須要懂得所有組合體的功用與特點，而且能加以適當的調配。這些就是展現智慧的時候，固然需要靈感的幫助，但基本的條件仍在多看、多聽、多寫、多做，使腦力靈活，隨時可以展現靈巧的思維。

二、軟化題材——政府出版品在設計上最大的問題，是題材顯得生硬而呆板，所以必須要軟化題材。除了要求內容應深入、生動與親和外，設計者應在版面安排、標題字樣、色彩運用方面，儘量採取軟性的路線，使生硬的資料轉變成不使人排斥的篇章，而後才能配合文字、圖片達成上述要求。

三、強調特點——一個好的設計者怎樣抓住讀者愛看、樂看、搶看的心理呢？那就是要懂得怎麼運用特點。在工商發達、生活忙碌的現代社會中，政府出版品如果沒有特點，就無法讓人知道它的存在，因此在設計上應強調特點，用各種方式，表現與眾不同的地方。可以說，以設計強調特點，而以特點來突出設計。

長久以來，政府出版品被視為是一種八股的宣傳。主其事者，不敢輕易改弦更張，只求合乎上級要求，再加上人手、經費不足，更使得出版品因循怠惰，進步緩慢。民眾則受觀念影響，不僅不主動接受，有時甚至排斥。因此，出版品要想達到文化宣傳的目的，無異緣木求魚了。

幸好，這種現象由於有心人士的努力與推動，慢慢有了改變，時至今日，政府出版品不但廣受民眾喜愛，而且領袖群倫，佔有舉足輕重的地位。特別值得一提的是，主其事者固然觀念新穎，民智的提升也是進步的主力。總結來說，復興基地三十多年來的經建成果，促成了政府出版品的地位高漲，也豐富了它的內容，成為兩者進步的主要因素。

從民眾排斥到接受到喜愛，這段期間最艱苦的工作便是樹立一個新的形象。

誠然，沒有改革就沒有進步，但要如何改革更是一個重要的關鍵。政府出版品能在重重限制下有所突破，實非易事，建立一個新的形象也不是一朝一夕能竟全功，是依賴所有工作人員細心、用心和耐心所換來的辛苦代價。

所謂樹立新形象就是要在外觀型式上、文字內容上、圖片處理上，都能讓人耳目一新，並且脫離說教、生硬的八股模式，使得民眾樂意親近，即使明知為宣教成品，仍然願意一探究竟。

新形象樹立不易，保持下去也不簡單，必須要工作者全力奉獻，將出版品視為一個自我，不斷地鞭策、不停地革新，才能真正擁有一個完整而堅實的形象。

・

當我們努力做改革的時候，如何廣蒐市場情報、讀者性向和任務研析，也是一件很重要的工作。也就是說，我們並不能盲目的自我革新，應該要根據多方面的資料，做有計劃地改革，如此才能根據任務、針對需要做一最正確、最可行的方案。

政府出版品並不是一成不變的樣本，如何使得它達到預期目標，關鍵在主事的人。孫中山先生曾說：「天下無難事，只怕有心人」，只要我們立下使出版品更完美的宏願大志，再加上智慧與信心，就必能突破編輯與設計的瓶頸，樹立一個新形象。

總結以上所述，有四點意見提供參考：

一、打破官方有錢能辦好雜誌的偏見——有錢固然能使鬼推磨，但出版事業是良心與良知的事業，光有錢是不夠的，有錢能改變出版的面貌，但改變不了出版物的無形價值，重要的關鍵還是在——只有人的努力，才能賦予出版品嶄新的生命。

二、傳統出版品變革較小，內容枯燥乏味，吸引不了民眾的注意——現在出版品則不斷革新，以求真、求善、求美為目標，文字內容亦漸通俗而具說服力，而且在樹立新形象後仍能不斷力求精進。

三、如何改進編輯費與印刷費不成正比的問題——現在出版品為求美觀，所用紙張及印刷費用不斷提高，再加上銷路廣大，愈發形成固定的編輯費與膨脹的印刷費不成比例，在質量並重的要求下，適當地增加編輯經費，使能網羅更好的作品，應該是主管其事者首應解決的問題。

四、官方雜誌走向爭取訂戶之新觀念與積極作法——商場上常說：「不怕貨比貨，就怕不識貨」，現在政府出版品在革新要求上，必須針對民眾需求，來爭取訂戶，不只是免費贈閱，更要讓大家告訴大家，自動地要求訂閱以充實精神食糧。因此，政府出版品不應以：為民眾接受為滿足，更要主動積極尋求民眾所需，讓民眾主動花錢買來看，這樣才能達到宣傳的任務。

·

一百八十年前，美國獨立宣言的起草者傑佛遜總統曾說過一句話：「如果我在有政府而無報紙，或有報紙而無政府之間作一抉擇時，我當毫不遲疑地選擇後者。」

一百八十年後的今天，這句話對從事政府出版品工作的人而言，毫無疑問仍是最大的鼓舞。

地方政府出版品華麗變身

宣傳是攻心的利器，也是溝通的橋樑，前者在能感化和教化，後者則重角色扮演。總是宣傳一詞自孫中山先生倡導後，即離不開我們的生活。而宣傳的工具——傳播媒體，成為現代化的推手和助力，殆無疑義。

宣傳可做宣導、宣教、美飾、化妝等功能的探討，可另章研究其奧妙之處。一般而言，透過各種媒介傳達訊息，以增進了解，凝聚共識，則為公部門應多加注重之事。

因而，最「物美價廉」的工具，便是以發行雜誌為主；一方面較公報或導覽手冊之效果為佳，另方面能收一定效果，較之其他媒介為省錢。

所以，自行政院新聞局發行《光華》雜誌和《Free China Review》作國內外的宣傳刊物後，很多縣市起而效尤，政府出版品乃日益興盛。

這種「政府化妝師」角色的扮演，以文圖並茂方式，將施政作為執簡馭繁地記錄和介紹，顯而易見的功能，一在使民眾了解公部門作為，一在提升民眾人文素養，是甚具文化層面的一種使用工具。

不過，政府出版品由於受限科層組織領導者的想法，原本寄予厚望的效果，往往受限而打了不少折扣，有些甚至因一意孤行，反而轉化成了負面效果，浪費公帑不說，將使得民眾更加不願親近政府出版品。

由此，不得不對《光華》雜誌創刊時的新聞局長宋楚瑜和總編輯官麗嘉，致以敬意。由於兩人的充分溝通和宋先生的授權，使得該雜誌以人文化的精緻風格，開啟政府出版品不以政治宣教為主體內容的架構，而能永續經營，提升政府出版品的深度與廣度，不遑多讓於民間評價優質的雜誌。

當然，初創該雜誌的政大新聞系畢業校友用心擘劃、全力以赴的堅持，亦深值所有雜誌工作者學習。

因而，在國內雜誌多達數百家的情形下，政府出版品的品質並不遜於民間出版品，《光華》雜誌的典範作用甚大，也是論及政府出版品時，必須予以強調的地方。

本人自政戰學校新聞系畢業後，有機緣從事軍中雜誌和民間雜誌及地方政府雜誌工作甚久，從民國六十九年接觸《中國聯勤》畫刊至今，除在總統府任職兩年外，餘均與雜誌出版工作為伍，且幾為政府出版品。

近年，有機會承接兩份地方政府雜誌之創刊策劃編輯事項，特不揣鄙陋，將實務心得報告於後，供有心從事者參考。

初接編雜誌，因刊物多有固定格式及內容規劃之限制，只能稍事創新，其實多數都是蕭規曹隨，依原風格而作。不過，依不成文規定，每一年或兩年，從封面到內容，都要加以創新，事實上，對編者考驗極大。

首先是外觀型式、紙張及頁數增減問題，要在預算內做變化，就要思慮周全，否則超出預算（幾乎只會減而不會增），當然白忙一場。因而，在政府出版單位做事，很少會有大幅度改革之舉，經費運用是個主因。

經費運用和人力支援為重要考量

正因為受限經費運用，所以初發想時，就得要精算細想，爾後才不致在拮据狀態下，勉力而為，失去對這分工作的熱誠和初衷。

以我在國防部出版社工作的經驗，編輯部門能爭取到的經費有稿費（依政府規定分一般及特約費用）、專題製作費、差旅費、校對費等，對編輯人員自有保障和周全的照顧。至若印刷費、發行費、廣告費等的多元運用，亦對編務有所挹注。

俗話說：「有錢好辦事」，辦雜誌看似簡單，細節卻頗多，若無經費支撐，絕對難以為繼。是以在研討內容之前，預算的合理編列及稍加寬裕是個重點。

有了錢再來談人。大機關內或是專責出版社，都有專人負責其事，幾全是新聞傳播及美術系所專業人士擔任，依雜誌定位、屬性及讀者對象，每月發行雜誌。有規模的出版社另有讀者服務行政事項，如：意見調查、大型活動、讀者參訪、優惠活動、不定期出版專書等，是為在編務外，能吸引讀者購買和參與的重要條件。

這些負專責的出版社，大多歷史悠久，運作順暢，如國防部出版社出版六刊，遂行宣教任務，對提升文藝與教化功能，居功厥偉。

唯在國軍精實案推動聲中遭到減併，而受限其功能，殊為可惜。此乃因應時代趨勢，無可奈何；其餘公部門刊物亦同樣受到限縮，大多以委外製作為主，不再有專責機構負責其事。然而，發行雜誌，以強化文宣功能，仍為公部門所重視。

發行雜誌可提升文化水準

原因是：出版雜誌，既有宣傳之意，也有提升文化水準之功能。尤其自所謂黨外到民進黨成立，而後取得政權的過程，刊物之宣傳能力甚受肯定，而國民黨人士亦重新審視文宣功能之重要。由此，政府出版品在出版市場低迷之時，仍能蓄勢而興，其來有自。

本人於民國九十六年受邀策劃《永康》半年刊之編輯事項，復於九十八年受邀策劃《歸仁新象》年刊之編輯事項，對我多年從事雜誌工作是個考驗，也是一項新的挑戰。

這樣說的理由是一切「從零開始」，要做到出書後讓公所、編者、市民皆滿意的三贏目標，這個額外任務，做起來自然不會輕鬆。

籌劃之初，台南市已有《e代府城》月刊、台南縣也有《南瀛新象》月刊的定期發行，俱委外製作，有固定編輯群參與其事。而因地方政府經費有限，如何在無固定編輯群參與的條件下，達到預期效果，是研討發刊的重點。

半年刊策劃重點為「廣而淺」

我先以和永康市公所接觸的過程寫起，將此刊以市刊之名稱代之。

辦刊需要經費預算，故由市公所指派一位職員負責其事，我則受一家文化公司之邀參與其事。公所前曾做過《市政導覽手冊》及宣導市政專刊等文宣品，為使文宣更為深入及持續，乃有辦理定期出版刊物之議。

首先，由我試擬週報、季刊、半年刊之計畫案，以供選擇，並做各種分析，最後公所選定半年刊計劃案，付諸實行。

早在作案之前，我就以延續性為重要考量，因地方政府幅員不大，所能宣傳或挖掘的雜誌素材可能不多，若只出刊一期即後繼無力，豈不自砸招牌，所以策劃的重點乃為「廣而淺」的方式。

事實上，這是我在日後與一位撰稿者議論的重點項目。她認為這樣的構思可能較「專而深」的方式為弱，我即予以說明。主要論點是「人手不足狀態下，加上公部門提供資料不夠精細、地方無提供雜誌素材的來源」，若採後法，則出版一期之後，何以為繼？

日後，市刊能續編數期，證明我的初發構想是正確的。

若依現代雜誌編輯手法及需求，一份八十頁全彩的菊八開刊物，篇數可能超過二十篇，也就是要執行二十個題目的撰稿和拍照工作，對只擁有二、三位撰稿人的採訪組而言，怎堪負荷？

編輯作業時程和月刊不相上下

最重要的是，作業時間並不寬裕，通常公部門與文化公司所定「勞務契約」僅一百天時程，也就是在三個月多一點的時間內，要完成策劃報告、研討定案、採訪撰稿、美工完稿、二次列印樣送校、一次數位打樣送校、編務完成報告等程序。此對撰稿工作時間限制之嚴，可想而知。

所以，預擬刊物內容時，我認為以「特別企畫」和「專欄」及「重大建設事項」三條主軸混編而成，較能讓市公所了解與接納，也能使地方政府出版品的內容並不遜於一般雜誌，將宣傳隱於文圖之中，而能得到讀者的喜愛觀賞。

因之，「畫刊」型態的雜誌是公所和我策劃的共識。也就是著重照片品質和生動的編排，讓讀者能親近而喜歡，不會因為是政府出版品而抗拒閱讀。

首先，我要了解永康這個地方的各種資訊，選取我需要的素材。我期待市刊和導覽手冊不同的地方在於：要有深度和廣度，更要有人文和文化的味道。由於是半年刊，特別企畫的主題展現特別重要。

以市刊第一期的規劃構想，我打算以雙企畫表現公所績效和當前流行的樂活議題，於是「綠意永康」和「樂活永康」題名應運而生。不過，在製作過程中，撰稿者對樂活永康不甚支持，改以「永康嬉遊記」代替，名稱有創意，但我認為已失雙主題呼應之效，卻未干涉，只在心中留下遺憾。

市刊主在增進了解提供多樣化地方焦點事物

這可說是在策劃內容時應多著墨的地方。一方面能凸顯施政績效，一方面能讓市民閱讀到賞心悅目的本地人事物，進而關心和參與。

為了使公所和撰稿者能清楚了解所做內容，每期的預擬篇目都由我做完整的敘述和說明。這可是一件無中生有的事，看似容易，實則絞盡腦汁有時仍不得解，一在不能太長，以免審查時程甚長、撰稿者不易發揮自己構思，二在不能太短，則審查無物不會通過、撰稿者無從知曉意義。其中拿捏，只有寒天飲冰水，個人方能體會。

這種空洞而無中生有的過程，也難在一個縣轄城市可資運用的雜誌素材不易尋找之故。我翻查不少資料後，方能擬訂，公所審查過程還算順利，市長及各課室主管詳看我所提資料並聽取我的說明，大致上都能接受，故從封面構想到內容擬定，全數接納了我所擬的意見。

到了歸仁鄉要編輯年刊時，我刻意要區別與永康雜誌的不同，在內容上的設計有所不同，該鄉公所亦請地方校長參與審查，對刊名即有不同意見，我詳加說明仍不敵眾議，致使封面一改再改，共三次之多，不勝煩惱。

此僅為一小例，因雜誌乃新創，故許多細節應多注意，以封面為例，刊名、請名人題字、副題、表現方式等，都要一再溝通，才能在妥協中製成，面對公部門不懂得雜誌特性的官員，要加以說明和說服，「歸仁經驗」實讓人挫折頻生。

這一點，永康自始即接受我的建議，完全沒有異議，歸仁則溝通困難，只有妥協才能成其事，亦暴露行政機關不夠專業之一面。

·

策畫案定稿後，接著就是採訪寫作和攝影的重頭戲。通常，我和撰稿者約定時程為一個月後交稿，不能拖延，否則進度會跟不上。

由於撰稿者是臨時編組，大多是所謂自由撰稿者，很難有一定時間參加會面研討，所以接案的文化公司，也會和市公所一樣，有一位專責人員負責聯繫溝通，將我所擬的題目做分工、安排，並聽取撰稿人的意見，彙整後供我做最後裁示。

通常，我都會尊重撰稿者意見，請依其構想執行。儘管名義上我是主編，也是整本刊物的負責人，卻沒有太多空閒時間和撰稿者見面，只好藉助聯絡人和網路，做意見交換。

這就是做半年刊和年刊一個無奈的地方，經費不寬裕是重點，當然無法談到有效的人力運用，只好將就著「三個臭皮匠，勝過一個諸葛亮」的自我嘲諷了！

像《永康》是由三位撰稿者分配合作，如果有經驗者，文圖作品都不錯，算是能交得了差；如果是經驗較差者，我的後續狀況就來了，得花上不少時間善後。主編淪為「救火隊」，也是很無奈的一件事。

最怕的是對我所擬的題目有意見，雙方還得溝通半天，偏偏這些內容事前不宜和撰稿者商議，否則極易陷入「父子騎驢」的窘態，即便達成協議，到審查時通不過，仍是白忙一場！

只是，我有一些權宜措施，即是請撰稿者在採訪現地及資料研析後，可就原擬題目及範圍，做稍事修改，但不能離原題太遠，以免失去整體性。

而我自己則是以身作則，將重要的部分，如和市長、鄉長有關的訪問或專題稿件，由我親自撰稿，以此激勵大家全力以赴，辦好刊物。

雜誌寫作是新聞寫作的一環，但有其特殊性，想表達適切，沒有三兩三，自然到不了梁山；其實，勤寫勤看的功夫要相當深入和實踐。不常看優質雜誌編輯的寫法、平時不常動筆的人，光憑動嘴皮子想要寫出好的採訪稿，無異緣木求魚！

而為了展現能力，通常我都是第一個交稿者，並且請公司聯絡人在截稿一週前即開始聯繫交稿事宜，一直到稿件到齊為止。催稿是件煩人的事，但絕不能放鬆，因為時程已定，只要推遲，後面作業就會延誤。

延誤作業的後果就是根據契約會罰款，那就得不償失了。

·

美編作業是一門專門技術，而文圖的整合過程，主編是要參與的。

通常，我很尊重專業美編的意見，請美編先就來稿及所附照片做初步規劃，再研究版型。事前多花些時間研討，比上線之後再作修改，可能實際得多。

我希望的畫刊版型是大方而美觀。大方指的是多用跨頁、出血照片，加上兩頁版面內的照片配置應有大小之別；美觀則是要求照片一定要精美。

這是理想，現實狀況往往很難達到。一方面是沒有專任攝影編輯，另方面資料提供的照片必然不會理想，但有些非用不可。

就在有些要求、又要將就的情形下，美編就依我們的想法作業，我也陪同看照片，選出封面和一些重要照片，請美編處理。

選取照片費神費力

通常給美編的時間是三週左右。八十頁的全彩畫刊，要用的照片少說也要一百五十張以上，而來到的照片檔數量，可能為四、五倍之多，光是看照片和選照片就要費去不少時間。

這是科技進步的後遺症，以往數位攝影未推出前，雜誌社內的攝影編輯，以正片拍攝專題時，頂多給一卷135的三十六張或120的十二張，攝影者要很精準的拿捏才行，而到了編輯台選片，相對地就容易多了。

現在數位攝影當道，現拍現看，一次按下快門還可連拍數張，所以任何人一機在手，拍得不亦樂乎，可是真要到選照片的階段，可就苦了美編，不僅很難看出精采而且能用的照片，還會被多數不能用且重複的照片，看得眼花撩亂。

這裡所暴露的問題，也是科技化後的一個普遍現象：可以一人身兼數職嗎？答案當然不是簡單的是或不是，而是提供我們思考的一個空間：科技始終來自於人性！

專業應被重視與肯定

這種說法用在雜誌業就是：術業有專攻。很少人能得兼兩項以上的技能，怕的是在精簡人力和支出的困境下，造就出了平庸的工作者，卻還沾沾自喜於擁有多項才能，殊不知有多元能力尚不如有專項能力，對雜誌事業的提升才是有幫助的。

換句話說，在專業分工細密的時代，如何求得最好的效果於雜誌上，顯然是該被重視的。如果因為經費有限，或是因陋就簡地披掛上陣，刊物品質的低下可想而知。

選取好照片後，就可進行文圖整合，也就是美編作業的重頭戲。藉助現代排版軟體的發達和日新月異，其實很容易完成排版事宜，只是電腦的控制者終究是人，人要有思想來指揮，除了對軟體的熟悉運用外，具備好的美編概念是能否編好雜誌的重點。

美編想的應該是如何塑造風格的問題？這個部分最難，換言之，要將技術層面拉高至藝術境界，個人的修為和對這本雜誌的認知，宰制了全局。

而為了有所區隔，當同一家公司接了兩本以上同性質的刊物時，美編就不能一人親為，幸好，美編問題不大，倒是編輯組換湯不換藥，寫出的採訪稿和照片，對我而言，是滿傷腦筋的地方。

我當然希望在不同的雜誌上，要用不同的筆觸和觀察來寫作及攝影。但畢竟一個人的腦力有限，很難事事求得完美，我們只有全力以赴了。

美編作業完成後，我會看一次完整的列印樣，而後交對方審查及校對。再歷經二校及數位打樣校對，完成後編輯作業部分即結束。

以上簡述編輯作業程序及作業要領，由於對方採年刊或半年刊發行，沒有連續出刊的壓力和內容延續的困擾；相對的，作業時程並不比編月刊來得長，人員經費更不如月刊寬裕，反而增添了一些難題。

首先是策劃問題。由我一人策訂全書內容，要通過公所的審核，難易很難評估。以往在出版月刊的單位服務，研擬內容大致有前例可尋，而且編輯群常圍聚討論，很快就能訂定，通過上級審查後即作業，否則時程易耽誤。現今，無人可供集思廣益，審查單位又都不是專業人士，起頭的第一步確實很難踏出。

《永康》半年刊是在各案中挑選確定，因而所擬內容，市公所課室主管較無意見，開審查會時，大多同意，僅少部分針對內容有所建議。而定稿後的審查會亦同，主要是在看列印樣時，即依各部門審查結果更改，大致上過程順利。

市公所也無從就計畫案及成品做一對照相比，這是公所較寬容的地方。因為擬案需經採訪者現地作業，若與擬案不符，即需照實際狀況而作。

不過，令人困擾的是有些課室主管受訪後，常不滿意撰稿者所描述，而要求重行採訪之事。雖經其本人於第一次列印樣上修改後，仍要在第二次校樣時更動自己改過之文字，令人不勝其擾；這也是非專業人士干擾專業判斷的事證。

另一項則是校對的不易。或許公所各單位對刊物的重視，反映在校對上就是仔細卻不專業，也讓編者有些啼笑皆非。對某些字或詞的運用，不查辭典即做刪改或打問號，而有些字詞錯誤卻未能校出。在時間緊縮的最後作業時間，有時可能幫了倒忙。

校對是專門行業

如「文化底蘊」、「人生興味」等常用詞被冠以「看不懂」即需更改，而有些作者的用詞錯誤卻未能校出，徒然浪費不少作業時間。

而《歸仁新象》年刊則在封面設計和美編作業及照片選用上，和編輯組的想法落差甚大。從封面數位打樣經三次更改才能定案，即可知公部門在認知宣傳的做法上，與我們迥異之處。但無可奈何，只有如科層組織般被領導與服從。專業認知無法溝通與發揮，是編輯組甚感失望的地方。

這個原因也和公所承辦人員的心態有關。

兩地各有專人負責，永康市均盡全力做好編輯組與公所聯繫協助的平台整合角色，歸仁鄉則以凡事由編輯組自行作業的心態處之，在溝通並不完整的情形下，如何能使得成品獲得雙方滿意。

另外，就是公務員的科層組織心態，不能應用於刊物作業上。撰稿和攝影均為專業工作者，會就其判斷撰稿或拍照，亦即可從一般民眾角度看內容；但官僚組織內的人則多以上看下的角度，試圖指導撰文和照片運用，因之在某些部分，不得不遷就而便宜行事，讓內容呈現有時顯得扞格不入，卻也無奈得很！

自我檢討 通力合作

不過，自我檢討也頗為重要，編輯組在人員調度和專業上，常有左支右絀情況，而時程掌控常會延誤。故從專業角度以觀，往往自身即不能達到標準，何能怪罪於公所之無理干預！

換句話說，在有限的經費下，如何尋得專業人才投入編輯事項，恐是在編刊之事最重要的關鍵。事實上，好的編採人員（含撰稿、攝影、美編）難找，所需經費亦高，只能就現成的情況下彼此合作，希望能圓滿編刊任務，至於品質如何？則有待讀者和專家們的評析了。

地方政府出版品是宣傳和溝通的利器，較之常見的導覽手冊更為有效與貼近民眾，亦可運用刊物提升人文素養和文化意涵，故樂見地方政府能重視此項宣傳方式。

然而，宣傳是要深入民心，建立民眾了解、關心、欣賞、美化的機制平台，或只是要塗脂抹粉，做些表面工夫；選擇權是在公部門的主管，關鍵則在彼等的觀念上。

只要有良好的觀念，做出正確的選擇，則地方政府出版品的蓬勃發展指日可待，也讓政府出版品能站上雜誌發行的主流地位。

青年期刊為文學扎根

我在退伍後，立即受邀接編《南市青年》雜誌，擔任主編一職。這與我之前工作過的刊物都不同，有些誠惶誠恐地接下，又因為是一人作業，沒有討論的對象，就憑著一股熱情和所知有限的傳統肩起責任。

青年期刊是救國團在各地辦理的青少年刊物，有其歷史和佳評，是一本菊十六開、八十頁的小型刊物。我細看了《南市青年》幾期後，深知刊物在南市青少年同學心目中，是一本可發表文章的專業性文學雜誌，故定位在以學生投稿為主的文藝刊物。

當時的救國團正處於轉型期，往昔受補助的優勢全失，組織調整後成為社團法人。各地團務指導委員會成為自負盈虧單位，據我了解，收入部分全靠社教中心辦班及期刊盈餘支應，財務方面已與往昔不可同日而語。

所以，從我接編期刊後，我知道經費將是有減無增，對我權責部分的稿費支應應要多加考量。當時，台南市團委會依傳統作業方式編刊，即我並不知道稿費開列及相關編政事項，聘我為主編之用意，只專心把刊物編好即可。

每期稿件，均由承辦人收齊後交審稿老師評選一定數量後，再交由我編輯，而後發打、請美編美工整合、出藍圖校對、印刷交書。這和一般出版社工作有些差別，但既是常規，也無從計較了。

我不明白的是：為何稿件是由審稿老師審完後才交到我的手上？主編不是應看到全部的稿件再行編輯，否則怎能掌控全局？但始終未說出口，就照傳統的方式進行吧。

而後，有機會參加總團部召集的編務會議，我詢問了其他主編，俱無審稿老師的程序，使我愈發困惑，但仍照章進行編務，未提異議。到了九十四年四月，審稿老師請辭，經承辦人楊先生委以審稿之責，我心中疑慮才消，也才能得知來稿全貌，專心於編務。

我這樣說的理由是：一是刊物主編不能得知刊物來稿全貌，如何能勝任主編之職？一是常有讀者來信詢及稿件及審稿之事，我均不能回答，身為主編而敷衍塞責，極其痛苦！

審稿老師的請辭是因禍得福，還是理應還我一個公道？自此之後，我能看到所有稿件：當時學生投稿數量平均每期文字約三百五十篇左右、漫畫稿件一百五十篇左右，審稿老師評定後只有約一百篇左右，我選取使用的只有約四十篇左右。

另外一個棘手的問題是美術編輯的人選。我初接主編，承辦人即告之：美編請自行指定，費用為美工設計費六千元、封面設計費三千元，合計有九千元，我認為還算合理。原先請得標的印刷廠商合作，但績效不佳，於是我特別商請在台南曾獲金鼎獎譽的《鄉城雜誌》美編協助，彼此合作良好。

殊不料，團部日後經費緊縮，美編不再由本人聘用，改由承印的印刷廠負責，再之後總團部總攬承印事務，美編問題的困境再次浮上檯面。

其實，編雜誌需要的只是細心和用心而已。

約稿本是編輯的大事，然而青年刊物以學生投稿為主，省了企畫和約稿重任，待遇不佳可能也是原因。初接編務，有十六頁彩色頁，承辦人和我商議，除固定專欄外，要我提供四至五篇構想，我即提出訪問學校和台南市藝文活動報導等項，獲首肯後，即負責撰稿。

而後，因各專欄老師陸續停寫，承辦人徵詢於我，我則告之請繼續約稿，以符刊物自由投稿宗旨，在未約到前，我就以報導景點或藝文活動補上，如此進行了數年之久。

‧

我編《南市青年》的想法是：彩色頁以能展現照片的美觀為主，並帶有些文藝氣息。黑白頁則全以投稿為主，每期均設計有〈專題〉型態內容和各個不同的文藝性專題。

〈專題〉類似一般雜誌的〈封面專題〉、〈特別企畫〉部分，然而在青年期刊並不容易表現，因為並非約稿作品。要在每期約三百到四百篇的各類文章中選取適合的稿件，困難度之高無從想像。但我盡力而為，希望能為青少年同學帶來不一樣的視野。

不過，編輯內容以學生投稿為主，顯然和其他期刊不同（本刊為全國投稿量最大的刊物），所以在每年青年期刊評審中常居於下風，我常以此自責，不過，美編不停更換、經費愈來愈少的狀況下，我也無能為力了。

‧

我試著多加溝通與研討，希望能為台南市的國、高中同學，提供一分文藝共享與觀摩的期刊。

事實上，我雖是有十多年編輯經驗的常業者，但對青年期刊所知不多，而所屬救國團台南市團委會文教組竟無相關資料可供參閱，只好依循簡單的編印作業而為，一方面尊重現有體制，另方面無法憑空想像應興應革事項。

對編輯工作而言，計劃編輯為主編重要工作之一，而《南市青年》能列為計劃編輯的空間很少，主因為全是青年學生的投稿作品，且編印時程較一般雜誌為長，故僅能被動接受投稿。

我相當同意：期刊為青少年同學提供寫作園地的構想，於是將主編之職，定位在改稿、編稿、校稿、提供彩色頁稿、全程掌控編印過程等工作上。

這和一般雜誌社的主編工作大不相同，但我既同意受聘就應盡力而為，起碼我告訴自己：要把期刊編得像本雜誌的樣子。

所以我不太同意雜誌要刊載升學訊息、有關課業資訊、名家作品等稿件，因為既是創作園地，就全是同學們的文學作品彙編，以型塑特色、區隔市場。

任職二十幾年主編期間，我常與文教組承辦人員請教、溝通，很少能得到需改進的聲音；我也深體在人力、物力、財力均不足的狀況下力求突破，有點空谷跫音。倒是年年訂閱數下降、每年總團部評審意見這兩項，帶給我不少壓力。

訂閱數下降的原因很多，但難辭其咎的是編輯內容不夠好。身為主編只能就選取的稿件編輯，如上美術編輯因待遇低為兼差性質，很難有較高品質呈現，這兩項無法改變的條件，頗讓我在例行的編輯過程中感到為難。

至於總團部的評審意見，對我這個「老編」而言常覺失之客觀並無助益。其實對刊物表現優劣予以獎賞建議，是很好的方式，只是各期刊在人力、財力、內容均無立足點平等的條件下，加以品評，是否不盡公平？且評審意見幾全針對美工完稿部分提出針砭，是否有失偏頗？都是值得討論的地方。

以《南市青年》為例，不同於各縣市的支費標準，僅主編、美編二人編成每期雜誌，用待遇高低反映刊物品質，是否能有標準可言？再者，無經費可供辦活動、聯誼，刊物品質能穩定成長嗎？

另以我的淺見，評審意見不宜就個人認知加以品評，因為美工完稿作業很難有一定論。如評審對《南市青年》評語：目錄編排過於簡單。以我修習新聞及長年編雜誌之體認：目錄頁的功能在提供讀者迅速查閱所需閱讀之篇章，以簡單大方為主，切忌用過多顏色及字體，使得目錄不清。如此，該如何判別？

又如評語內：字距行距應注意，不知何指？標題製作不宜太花俏，和一般認知不同。字距為電腦設定，行距為照一般刊物設定，幾全是標準規格，如何改進？學生刊物在版本較小、文字較多的情形下，為使版面活潑、有變化，從標題加強變化，才能吸引讀者閱讀，此與一般雜誌多有不同。

最重要的是內容如何很少評及，我認為其實是不容易評定之故。期刊內容既來自於各地方學生的投稿，如何有標準加以品評優劣？所以總團部立意甚佳，評審結果卻常了無新意，達不到觀摩改進的效果。

就實務觀之，以《南市青年》編輯組人員的待遇，能維持正常出刊已屬不易，品評缺失只會讓主編洩氣而已，除非另換他人很難有改進空間，而換人後能否使刊物更形出色，恐是個問號。

所以，在諸多條件均不足的狀況下，除非我們願意更改體質，否則評審意見成為傷人的利器，反倒不如把這筆經費，挹注在各地期刊的運作上，能得到更大的效益。

以我過往的經驗，為青年期刊把脈：認為期刊確實有助青年學子的文學創作與增進閱讀能力，但應在能力範圍內讓期刊脫胎換骨，成為有競爭力的刊物，謹就編務、發行、廣告三方面提出淺見如下：

首為編務方面，宜專人專職。此牽涉到雜誌社運作的相關事宜，如為兼職勢必難以推展各項業務，青年期刊必將沒落而消失。而雜誌社的組成相關事項繁雜，將另章研析。

有了名副其實的雜誌社後，才能就編輯計劃等逐步實施，如稿件徵選運用、專題製作、與讀者作者互動、辦理文學獎、開座談會、參訪等，讓青年期刊充滿活力與生命力。

發行部門在雜誌社為重要的單位，現今青年期刊委請各校代發的優勢固能節省相當龐大的經費，但總不是長久之策，如何在自理發行作業上能節省經費、得到奧援，建立良好完善的發行系統，是期刊應深思的課題。

至於廣告部門則是雜誌的命脈所在，以學生為目前消費族群上層的現代而言，青年期刊若開放刊登廣告，勢必對財力的挹注有很大功效。就編輯作業而言，廣告亦是調節版面、美化版面的一環，因此，建立一套可長可久的廣告運用辦法加以施行，是為維持期刊生存的重要項目。

青年期刊何去何從？在資訊氾濫的現代，依照現狀運行將不足以維持下去，為貫徹「我們為青年服務」的宗旨、提供青少年同學寫作園地、保留並延續閱讀文學作品的天地，我們勢必要用全新思維加以應對。

校刊社培育編刊種子

在接編青年期刊後，隔二年，我即受邀擔任台南女中校刊社指導老師，接著陸續擔任私立聖功女中社團活動「編輯採訪社」授課老師、南台科技大學校刊社指導老師、市立中山國中採訪社授課老師，並不定期擔任「台南市四省中文藝獎」評審、德光中學「筆社」社團活動授課老師、救國團大專及高中編輯營隊授課老師，有機會與青年同學研討相關雜誌編採事務，覺得榮幸也甚高興。

由於都是隨機上課，我的青年期刊和固定撰稿工作很忙，所以都只在課前研擬資料，而後發講義教課，沒有時間整理成一套教材。

或許我的想法很傳統，總認為用power point過於刻板，也會演變為一套教材走天下的情況，所以有空就摘錄報章雜誌佳文影印，再加上當日的課程授課，或許古板，效果也還好。

另外一個原因，是各校教學進度不同、時間各異，很難用同一套教材教學，只好各依情況著手，不過，我很認真於每堂課上，期盼能經由傳播，讓學生喜愛雜誌編採工作，進而成為興趣與事業。

青少年同學對採訪編輯的興趣很高，也很憧憬日後能從事新聞編採工作，只是，我主張萬丈高樓平地起，在學習的階段應多充實基本功，亦即扎實地從寫稿、看書、看作品做起，而不是拿著攝影機到處拍著好玩，或是學著寫些輕薄的文字。這是我的堅持，也是我教學的一貫說詞。

在台南女中擔任指導老師超過十年，我每在課堂上提醒學生：如何從傳統中創新，展現每期特色，是編輯者的重任。這群台南市最優秀的女學生，即在課業繁忙之際，編出一本又一本有特色的校刊，除在美術編輯方面需多加強外，創意發想的過程頗令我敬佩。以下，僅就在台南女中教學的文字資料刊載如後：

．

「校刊社」答客問：

一問：在校刊社學些什麼？

答：如果不是參加社團活動課的第一志願，有了排斥的心，就什麼都學不到。有了接納的心，才能學到：一、我在團隊中如何表達意見、如何參與企劃、如何從事編採工作。二、團隊意識與自我意志的調合。三、人際關係的重整。

二問：如何做個稱職的社員？

答：一、可以擔任幹部負重要責任，也可以多聽別人意見做好螺絲釘角色。二、認真的把每件事都當成是自己的事來想，不嫌麻煩地把意見告訴大家。三、在規定時間內做好分配的工作，行有餘力還可幫助其他人。

三問：校刊內容及創意從何而來？

答：編輯企劃就是內容的探討，企劃要靠所有人貢獻見聞和智慧。一般而言，最好有專題、專訪、重要校聞、文藝創作、藝文導覽等部分。專題是重點，以讀者需求和編者企圖交相研討而後策定，給予多面向的深度報導和析論。

創意植基於廣蒐資料和動腦研究。從企劃到撰稿、從攝影到美編都是創意發展的實現，簡單入門之道就是模仿。學了三分樣之後，眼界才有開的可能。

四問：如何採訪撰稿？

答：採訪有些常規，做起來可能會忘記。重要的是隨時記住現在的身分是一份刊物的記者編輯，而不是學生，所以要拋掉學生的青澀害羞心裡，大膽的發問、認真的筆記，把採訪當成是和要好同學的聊天動作，就會有好的開始。

寫稿可以套些公式寫。最好是照著自己的想法下筆，不要在乎這樣寫對不對？只要注意寫多少字、把主題寫進去、著重修辭就可以了。壓力太大反而寫不好。

五問：怎樣學美工完稿？

答：喜歡畫圖的同學可針對設計的文章畫插圖備用，也可配合攝影，讓圖文相得益彰。可以自行在電腦上組合列印供印刷廠參考製作，也可在編排時赴印刷廠親自操作排版軟體，在專業美術人員指導下，完成圖文整合。

另外，有興趣的同學可以做紙上作業，也就是畫樣。利用印刷廠提供的編輯作業手冊，在完稿紙上標明所需的樣式。

六問：喜歡寫作和進入校刊社有無對等關係？

答：無論喜不喜歡寫作，到校刊社都是一種新體驗。寫作是動筆，創作源頭是思考；校刊社內需要的是多方興趣，會寫、會畫、會拍照、會電腦，還要會企劃，不能單打獨鬥，不能閉門造車，玩的是真材實料的東西。

喜歡寫作可以使得撰稿工作較順手，但要遵循報導寫作的方式下筆，文學創作可以充滿想像，報導文體則重真實呈現；兩者可互為體用，但不能一廂情願。

不擅寫作的同學發揮的空間更多，因為校刊製作是團隊精神的總發揮，需要具有協調、忍苦、互助、合作的特質才能成其事，這些比寫稿更重要。

．提供同學對編務上的基本了解：

一、頁數均以八的倍數為定案依據。此因印刷係以檯數為主，以八為倍數合於檯數的最大邊際效用，不會浪費紙張，彩色頁與黑白頁均同。

二、發稿前要精算字數，才能做有計劃地完稿，才能使版面美觀。內文字字體最好不要超過三種，且行距宜固定，不得任意變更。可先在電腦上設定，或請印刷廠打一份樣張，照此而行。

三、內頁部分要留天、地、左、右，通常天大於地，左右相同。除照片可做出血處理外，內頁文字不得超出由天地左右圍成的版口。

四、頁眉通常位於左上角及右上角天的部分（右翻之書），可以一種圖案、更動專欄名稱，或每個專欄、不同圖案加以製作，大小要符合版本的整體空間運用。

五、標題是吸引讀者的地方，最好能充分運用不同字體、不同級數，以及搭配圖片、網底、網圖等方式，求變化及同一專欄的風格特色。

六、圖片（照片、插圖、插畫、漫畫、圖表、表格）的位置不宜過小，才能彰顯其重要性及調節版面美觀之用。

七、校對要仔細，不僅看文字的對錯，也要看版面的美觀、圖片的位置，除使用一般校對符號外，也可就不明白之處以括弧書寫文字溝通。

・

動手動腦玩創意

——誰都可以編校刊，問題是能不能吸引人的問題？

現今，電腦普及，任誰都可以自力完成一份印刷品。值得探究的是：如果要我編一本校刊，我想將它編成什麼模樣？和我心目中想做的校刊能否完全契合？

這個論點是：想的和做的之間，存在很大差異。不僅個人很難了解編刊物的細節，碰到大夥一起做事，難題可能更多，所以帶出幾個重點來：

一是合作的默契。每個人想法不同，要整合順暢，需透過溝通、協調，同中存異，異中求同，才能讓校刊符合編輯群的構想，傳達一個整體的概念。

二是創意的追尋。無中生有很可貴，但總要有碰撞才能有火花的出現。創意有時可欲不可求，三個臭皮匠的自由發想，可能比一人親為要實際得多。

三是分工的妙用。團隊合作的前提是分工完美、人盡其才。每個人都要有責任感，而責任感是能持續到出刊為止，中途落跑應受到大家的譴責。

我想說的是：編好一份刊物，團隊精神很重要。一方面需要每個人展現才華，另一方面更要彼此信任，共同為編好校刊而努力。

上述三個重點，看起來是社長的任務，實際上卻需要每個人都得扛起來。最重要的是創意如何落實在校刊中？

我常以模仿做為進階的入門方法。雖難免會受到侷限；但有例可尋，總能有好的開始。

創意就是要生動、新穎、不落俗套，有時還能讓人大吃一驚！創意植基在多聞多見，看得多、想得多，再加上毅力和努力，就容易達到目標。

談創意發想，似乎每個人都能來上幾句，但能否做得周全而有效，那就可能是知易而行難。不過，別氣餒，任何事都有個開始，沒有開始，怎知道就一定做不好呢？

我想說的就屬這個是重點！只要肯多看、多學，你的創意絕對比別人強！要多看什麼？要多學什麼？習慣很重要。只要我雙目所及的任何東西都要留心觀察，最好能記下來，思考之後，要用的時候自然就會蹦出來。

比如內容：別人怎麼做？我要怎麼做！題材不怕被做濫，是看你怎樣把它做得不一樣，而且做得更好！

比如色彩：每個人都有自己喜好的顏色，千萬不要太固執自己的看法，不妨看別人用的色、看模特兒穿的色調、看任何一種你認為很好看的配色，這樣就會有進步和創造的空間。

其實重要的是你的心和腦，願不願意多思考和多運用？不只凡「走」過才留下痕跡，試著修正為凡「想」過必能有所獲。關鍵在我是不是真的有在想、真心想要做好！

・雜誌編輯相關事項自問自答

內容需涵括哪些部分？

通常綜合性雜誌，每月均有〈特別企畫〉或〈本月專題〉的設計，旨在使閱讀者獲知重要資訊，予以研參或收藏。其餘內容則視刊物發行宗旨，妥善企劃，讓讀者樂看而購買。

內容是否應經常更改？

通常月刊內容除〈本月專題〉、〈封面專題〉每月不同外，約請的〈專欄〉部分大致以一年到一年半時間為主，若極叫座可延續至三年。其餘內容則視坊間話題及流行趨勢，每月推陳出新才行。

廣告頁在雜誌編排的定位為何？

廣告頁是內頁的一部分。廣告是雜誌生存的命脈，數量與發行量成正比，所以重視廣告頁是編好雜誌的第一步，通常橫排雜誌廣告頁居右頁較多。

編排時，每篇首頁要從左頁還是右頁排起？

通常，橫排雜誌以右頁為編排起頭較佳，唯因應跨頁處理，左頁排起可將篇幅擴大，較好看。

編排時有無規則可尋？

通常有成規供參考，著眼點是美觀，符合閱讀習慣。但現今編者常打破陳規，久之各顯其能，就無所謂堅持了。初學者仍宜堅守原則。

編者有什麼方法，在版面內使文圖調和而美觀？

這就是事前用心的問題。編者要精算一頁內可容納的字數，策劃時即有構想要排幾頁、可容納多少字數和圖片？而後再約稿和製作圖片。

可否有補救版面美觀的做法？

文字過多可逕行刪除，唯若是約稿則要注意，迫不得已不要隨意更動內文，若更動需事前告之。內文較少時，則可以選取其中精要部分，以不同字體、級數置於標題之後作為引文，也是另一種編排方式。以往，常有文章之後接些小笑話之類的排法，有活絡版面之效，唯已幾乎不用。

美編有否規則限制？顏色搭配有否技巧？

美術編輯做法見人見智，可能需要符合美學邏輯，才能讓刊物顯得高雅而出眾，顏色搭配亦同。過於標新立異，雖短暫令人耳目一新，終究不是長久之道。

如何才能突出校刊編輯風格？

有時間就多看教科書或同類型校刊，取得靈感加以編輯；沒時間就照自己心中所想，放手去做。重要的是做出來的東西能「自圓其說」，也就是自己有一套

「理論基礎」，不一定是人云亦云。「從做中學」就能上手。

有些校刊製作精美，可能不是出自學生之手，可以做為學習參考之例，但不必氣餒。只要自己用心去做，有空再深究其理，收穫自然豐美。

・

在社團活動或稱聯課活動昌盛的年代，各大專院校及國、高中學生都有不少好玩及引發興趣的課程蓬勃展開，讓學生各取所需，得到成長的喜悅。校刊社雖是較靜態的活動，卻也是更能驅動身心活動的嘗試，端賴成員以怎樣的用心視之？

有心的個人能懂得將興趣提升，進而深入研討，將獲得很多意想不到的人生體會。

卷四 向林則徐先生致敬

認識歷史、了解過去，應該是現代人必具的學養；清朝中葉之後迅即衰敗的原因，關係到日後中國百年積弱，身為炎黃子孫，更有多加研析的必要。

我鑽研並出版《悲劇英雄林則徐》一書，嘗試用不同於論文研究的方式介紹林則徐，拋開學術外衣，以淺顯易懂文字，讓生活化的林則徐呈現在眼前，增進我們對歷史人物作深切理解。現將其在治軍方面的作為，及衍生的領導風格，另做敘述，旨供參考。

我是一位雜誌工作者，寫林則徐的生平有些冒進，精準度可能不夠，但我以認真的心態書寫，主要是向這位自律甚嚴、盡心盡力於國事的一代名臣致敬，讓我們能學習他的智慧、決心、魄力和氣節。

梳理林則徐治軍脈絡

文人領軍的迷思

現代人看軍事事務如同各行各業，每以專家專才能適任之。此說固言之成理，唯若能穿越時空隧道觀之，則先師孔子的「禮樂射御書數」以教弟子，可看出古代士人之培養，不僅限於讀書考試之能，就非常明顯了。士人能治軍，並不比武將來得勢弱。

這樣的例子不餘匱乏，清朝名臣林則徐即為一例。

他是讀書人出身，歷兩廣總督引致鴉片戰爭，後任陝甘總督平定野番之亂，經雲貴總督任內令漢回交好。在治軍部分，佔其生平事蹟雖不多，但林則徐多次有獨到見解與軍事常識，在當時可謂異數，故專章論列，提供參考。

事實上，戰爭不以成敗論英雄，鴉片戰爭清軍一敗塗地，喪權辱國，林則徐應負重責。唯林則徐在治軍方面仍有一定成效，我們不妨細觀之。

鴉片戰爭前，林則徐痛斥鴉片貿易為「謀財害命」之舉，將使得中國無可充餉之銀，無可禦敵之兵，真謂沉痛之至！

後一句應是有感而發，因為鴉片煙早滲入軍中，嚴重侵蝕著兵員的健康，官、民、兵同受其害，怎不令人心焦！

其實，在當時的清道光年間，弛禁與嚴禁聲浪一直在相互掣肘和拔河，各有其因，各為其利，讓煙害延宕不決而變本加厲。在如此情勢下，斷然禁煙引致的後果，無人可逆料，這也是道光皇帝舉棋不定的因素之一。

直至道光帝看到各省奏摺及林則徐細陳利害之說後，決定禁煙，派任林則徐為欽差大臣。林則徐則在領命出京前，即密派懂得洋情的幹部們先到廣東蒐集各項情報，以利研判分析解決之方。

知己知彼才能百戰不殆

這就是「知己知彼，百戰不殆」的領軍之方。身為領導人不是高高在上的發號施令者，而是能具前瞻眼光又能思慮周密的人；所以，軍事家絕不是孔武有力的粗暴之人，而是以智為先、以身作則的人。

他自己領命出京前，就發出通令：沿途不接受地方官的拜見和飯局接待，一方面宣示清廉決心，另方面則不打擾地方政事。因此，雖具欽差之實，林則徐卻從不以當官為傲，這正是一位領導者自惕自勵的典範。

鴉片戰爭的成因，複雜而糾結，需專章論列，僅就軍事部分稍做分析，以明林則徐的用事之深。

首先是賞罰分明，他重用水師提督關天培，以利整頓水師，再重懲南海鎮總兵沈鎮邦及水師提標左營遊擊謝國泰，請旨勒令兩人退休。

這個過程看似簡單，實則整頓水師需多做考量，以免這支第一線的武裝力量，在未對付敵情時，已然崩解。

林則徐採取的方式是「寬嚴得中」，在拿捏輕重時求得平衡點，以致於日後關天培及若干水師將領，為護土莊嚴戰死得壯烈，可以得見林則徐的苦心，和待人處事的公正清明。

接下來，林則徐就要加強海口防務，以因應禁煙將帶來的危機。在此同時，他也接著出京後敵情蒐集的能量，對當時貿易和對方軍事的大小細節，都派員加以打探，以知其虛實，做好各種準備工作。

而在軍事之外，如何與本地官員和英軍將領，及兩地商人間周旋折衝，林則徐做了不少調和工作，希望在禁煙工作上得到實效。而他捐出薪俸和募集一些資款，做為收購鴉片煙，給予對方能換取茶葉的基金之用，則顯示他以身作則的決心，甚得國人欽敬。

在虎門海灘公開焚燬鴉片之後，由於利益衝突、政治干涉，林則徐雖已在此事上處理得極為周詳，衝突卻勢必難免，而後發生的林維喜事件及九龍海戰，也讓中英雙方在對峙，及小部分作戰上，都有了警惕和經驗。

掌控大戰略與多變的情勢

而因禁煙將引致諸多衝突，林則徐處事的原則是「鴉片必要清源，而邊釁亦不輕啟。」對英方的策略則是「以靜制動，不惡而嚴。」大體上，在厲行禁煙的過程中，林則徐均依此而行，只是衝突一開，如何能讓京城放心、讓英方讓步，確實是個難題。

就在林則徐卸去欽差大臣兩江總督名義，改任兩廣總督後，仍希望能維持和平態勢，不輕啟戰端。於是在軍事作為上，一方面修砲台，並置西洋鋼砲、生鐵大砲，派駐兵勇，強化訓練；另方面則募集民間漁船，進行整編禦敵之法，並訓練民兵，做好各種作戰準備。

只不過，就算做足了準備，礙於禁煙引致的巨大利益衝突，以及中英兩國當權者的意志和決心不同，加上只廣東沿海有了警覺，英方的船堅砲利終能逞強，讓中國蒙辱，也讓英國的這場不名譽戰爭，永在世界戰史上留下侵略烙痕。

我方之失，原因甚多，情報不靈、思慮未周恐為主因，然而積弱的清朝體質本就不佳，又無全面禁煙決心，失敗乃屬必然。林則徐雖早做好籌劃，亦難抵各種不利因素侵襲，終功敗垂成，寫下歷史壯烈的一頁。

這場失敗的戰爭，打開中國積弱的大門，可謂影響至深至遠。林則徐以文人督軍率軍迎戰，在戰爭初始仍有些不錯的戰績，其實可看出他在軍事戰和政治作戰上的努力和作為。

軍事戰與政治作戰交相使用

他一方面「師夷長技以治夷」，購艦、買砲，訓練水師，另方面依「民氣可用」的觀察，結合民間漁船、漁工之力，作小規模、非正規作戰的干擾敵方。兩者交相使用，不但能掌握正確敵情，也能在接觸敵火前佔得先機。

不過，情報的不夠真確引至英軍大舉來犯，則是林則徐為人詬病之處。一般論及此處，大致皆謂：林則徐在鴉片事件中，是盡力保持寬猛得中的政策，始終表示與鴉片為敵，而仍願和不販煙的英人為友，只是內外情勢不利，政策不受到支持，終開禍端。

事實上，證之日後，林則徐的平定野番和令漢回交好，都可看出他領導能力和治軍帶軍能力，是備受推崇的。

設若無威望氣度和良好的方式戰略，何能在被貶官之後能重振官箴，再為生民立命，得到更好的政績名聲！

因此，在觀察林則徐之時，治軍雖不是他的主要功勳，但絕不能忽視，故專章論列。其下附篇五文為筆者專題論述「領導」所撰的專文，若冠以林則徐生平為其典範，毫不為過，以此篇章作為對林則徐的尊崇與致敬。

附篇一　企圖心症候群

一個領導者往往也是被領導者，而且被領導的機率還滿大的。為了不斷往組織的金字塔型態頂端前進，時日一久，我們或許可以觀察出一種奇特的現象，就是有些領導者往往把心思放到了上層，忽略對部屬的關懷與信任。

眼要朝下看

逢迎上意雖常宦途得意，卻也會得來「踩著部屬向上升」的異樣眼光。這種情形也許是「企圖心症候群」作祟，動機雖無不當，方式卻可議。因為在領導的認知上，我們應該要「眼朝下看」；把焦距模糊了，當然談不上好的領導。

聚焦不難，難在如何持之以恆。

先說把焦點放在自己身上，也就是如何以身作則，贏得部屬的尊重與信賴。

身為領導者最重要的是自我要求要嚴，絕不能以為置身於團隊之外，高高在上就不受團隊各種紀律與法令的規範，否則己身不正，何以正人。

所以領導是一件吃苦負重的工作，也是持續自我磨練的考驗，更是對自我成長的挑戰。

當一個領導者把焦點放在自己身上，謹言慎行，確遵法令，自然容易產生威儀，得到部屬景從。不過絕不能虎頭蛇尾，後繼乏力，犯上一般中國人常見的三分鐘熱度，就會禁不起考驗，使得領導無力，還會遭致團隊整體形象受損的情形。

要想持恆地自我鍛鍊，很重要的關鍵在於不能在意職位的高低或重要性。臨事宜處之泰然，全力以赴，才能有成效。

再看如何把焦點放在部屬身上。這點更需要領導者發揮愛心、耐心和恆心才能把工作做好。

用心帶部屬

通常一個自我要求很高的領導者，肯定就是一個會把焦點放在部屬身上的人，因為他知道怎樣用心來帶部屬，「民之所欲，常在我心」就是一種期許；不過，由於上下之間認知常有不同，好的領導者必然要付出比自我要求更多的時間和耐心，來處理各種不同狀況的人與事，才能在領導方面克盡全功。

像二次大戰時美國名將巴頓帶兵如子弟，所以能力挽狂瀾，戰無不勝。可惜的是巴頓脾氣暴躁，因掌摑裝病士兵受到懲戒調職，使美軍的反攻行動受到拖延，這就是欠缺耐心領導的實例。

在我們聚焦於部屬時，如何能洞悉真情、關懷體恤、因材施教，是領導者必須念茲在茲的地方。

我們也常在領導方法上講求「將心比心」，試圖化解許多領導者與被領導者之間的鴻溝阻礙，只是往往「說者有心，聽者無意」，當遇到衝突發生時，領導者常根據自己的經驗法則下判斷，如果在平時不能蓄積關懷的能量，就無法處置得當了。

事實上，管理者聚焦於自我和部屬是很簡單的道理，也是領導統御上一個基本素養；只是在科層組織中無可避免來自上層的指揮，有時會讓領導者偏離了思考焦點，更甚者為「朝上走」，必然要「往上看」，如此一來就會產生不一致的步調，影響了原先上下之間的緊密關係。

既然，各級領導者必須接受上級指揮，有時難免會在執行上出現相左情形，我們並無必要用偏狹的心態加以排斥；換句話說，並不是不把焦點放在上層，而是為做好有效管理和真誠領導，聚焦於團隊所需才是必要的。

看清自己和部屬的定位靠智慧，不要試圖在煙霧瀰漫的夾縫中佔便宜，因為便宜佔得了一時，終究佔不了一世。

附篇二　心裡要有「公」的位置

「領導者負成敗責任」是團隊裡人盡皆知的一句話，然而就因為太通俗了，有些領導者誤認為「只要我喜歡，有什麼不可以」，於是有權變通，可以做人不講道理，做事不按規矩，只求達成目的；殊不知正好扭曲了這句話的意涵。

所謂負成敗責任，指的是責任的承擔，而非權力的擴張。

一個好的領導者即使處在危機情況和沈重壓力下，也都必須依循體制、依法行政，領導團隊創造榮譽。就算任務失敗也是心安理得，坦然接受，因為他知道大家都已全力以赴，不能以成敗來論得失。

盡忠職守　論公行事

職是之故，盡忠負責、臨淵履薄為一個領導者基本的條件，這種條件的養成其實並不難做到，那就是無論處在任何時空環境，對人和處事都沒有私心，完全站在「公」的立場角度行事。

由於對團隊沒有個人私欲作祟，所以能開誠佈公，贏得部屬景從，領導者自然沒有必要擴張權力。相對於此種情形的就是私心自用，把部屬看成是自己進階的運用工具，團隊歸私人所有；可說正好犯了領導上的大忌。

「私」的外在行為表現就是「偏」。當一個領導者行事偏頗，雖然一時能以「我要負成敗責任」做為擋箭牌，終究難掩蓋獨斷專行的事實，而遭致失敗命運。

戒偏用才　人我雙贏

為了要使領導者以健康的心態負起團隊成敗責任，他就必須打破凡事由我做主的迷思，藉重各方長才，達到人我雙贏的局面。由是「戒偏用才」是現代領導者相當重要的素養。

一般而言，身為領導者的領導範圍有五項，就是構思、決策設計、觀念溝通、資訊集中、監督獎懲等五種功能的領導。由於很少有人能同時兼具這五項才能，領導者就得將部分權責委託他人處理；這時候，從觀念到行動就必須要有正確認知不可。

首先要不偏私，要做到如君子般「和而不同」的氣度。和字代表著容他和相應性，是處事以公的內在修為，也是中國傳統讀書人對危機處理的精要心法。

左傳上有「寬以濟猛、猛以濟寬、政事以和」的記載，明示領導者對人處事的經驗談。對現代領導人來說，待人處事要不偏不倚，應該具有開闊胸襟、成熟智慧、犀利眼光和包容雅量。

其次，就是用人唯才，不僅能內舉不避親，更要外舉不避仇，以寬廣的氣度為團隊造福。

用人唯才　氣度恢弘

團隊裡的每個人其實都有他的專精項目，一個領導者除了應對下屬做到適才適所外，也要發掘有特殊長才的部屬，耐心觀察，誠心請益，如此上下感應融通，必能發揮團隊精神。

事實上，戒偏用才是領導統御上的一體兩面，只要領導者氣度恢宏、敬謹將事，必能得到相加相乘的效果。相反地，如果一個領導者才智不見得強過部屬，卻常宥於偏見，識人不明，將很快遭到淘汰。

換言之，領導者的才智不一定得超過被領導者，但是領導者的氣度表現卻是能否成功的關鍵；要讓被領導者翕服同心，可說完全取決於領導者是否能公平、公正、公開地待人處事。

三國演義中出名的「三顧茅蘆」可為明證。劉備當時需才孔急，聞南陽諸葛盛名而訪視，二次碰壁後急得關羽和張飛都出言不遜，唯獨劉玄德以天下蒼生為念，不計個人所受侮慢，終能感動孔明出山相助，取得天下三分之勢。

世上很少有天生的領袖人才，而知識、見識和膽識的特質，也並不見得在每個領導人身上找得到。要想把團隊帶好實不必往外求，只要心中有一「公」的位置即可；只怕一般人當上了領導者之後，將「公」之門關閉，對自己和團隊都將是無盡的禍害了。

附篇三　帶人宜帶心

現代人喜歡談論個人風格，就是一個人的儀容和格調，帶給大家什麼樣的觀感？這種抽象又有點具象的評斷方式，對領導者來說頗值得注意。

天生萬物各異，每個人的內心修養和外在成長都不一樣，所形成的風格當然不同；然而做為領導人，是一個團隊的指揮者，需要培養領導風格以帶動團隊進步，則是不爭的事實。

靜以幽，正以治

依據孫子兵法「九地篇」中的記載，對一個領導者的要求是：「將軍之事，靜以幽，正以治。」意思是說：身為領導者應具備沈著冷靜的性格和嚴正而公平的管理。這句話不僅是軍官養成教育重點，也是各行各業領導者必具修養。

其實，在領導方法和管理學方面，可以引述的資料甚多，觀點也不盡類似，以《孫子兵法》為師，主要是比較符合國人的習性和看法。

換句話說，重視組織領導者的修養與風度，正是中國式競爭模式的特點所在。

中國人常形容領袖人物是「天生英明」，但我們從名人傳記中所強調吃苦成長的歷程加以觀察，天生的領袖人物似乎不多，泰半仍是經由學習而來。

領導風格，或者可以說是領導人的特質展現，本是一種無形的力量，卻常能在具體的實效上產生影響力，居於關鍵地位，多少印證「做人比做事難」的另一種詮釋。

只不過，領導風格也和「天生英明」沒有多大關係，必須經年累月地接受淬煉學習才有可能自然流露，並且臨到危難時能化險為夷，改變危機成為轉機。

這樣的功效，當然不是三言兩語所能涵括，「靜以幽，正以治」當然也不是形塑風格的萬靈丹，重要的是一個領導者如何用心經營，使自己成為團隊可以倚賴的舵手。

冷靜沉著　公平對下

基本上，心之所嚮正好可以觀照到「靜以幽，正以治」的內外在修持功夫上。一個領導者無論面臨何種情況都能沈著冷靜，處之泰然，並且以身作則，處事公正嚴明，又何愁帶不好團隊呢？

我國近代史上著有名聲的俞大維博士，以文人治軍蜚聲國際，他的冷靜沈著和公平對下是個很好的例證。

民國四十七年「八二三」戰役之前，俞大維擔任國防部長一職，當時台海形勢緊張，他以文人領軍，在軍中被傳頌的是：「部長的辦公室在前線」這句話，足證當時的他不畏難艱險，沈著指揮，為三軍將士稱揚。

砲戰前他到金門和官兵在一起，結果受到砲擊受傷仍從容指揮、鎮定軍心，當時的美軍顧問很佩服他，俞先生開玩笑地說：「我沒什麼哲學修養，只因為我是聾子聽不見砲聲，所以不覺得害怕。」

後來，他還是說出這種修為的由來，是受到外曾祖父曾國藩「打斷牙和血吞」及「大丈夫把命交天」的影響。

至於「正以治」的例證，俞先生的傳記內也是俯拾皆是。在擔任部長任內他從不批公事，只有一次批准了馬防部呈報准予報廢的水泥案件，因為他知道外島實情，報廢水泥是重大案件，很多在台北辦公的人不了解實況不敢負責，只有俞先生當機立斷，解決不少爭端。

俞先生常對人說：「我有幾個用人原則，一不用同鄉同學親戚，二沒有班底，三到每個單位要大家把公認最好的人才推荐給我，我照用，四是注重團隊合作。」他把這個原則簡化為選人、信人、用人、敬人、宥人五原則，終生奉行，留下佳話。

時下，有句流行用語：「做了什麼，才知道怎樣做什麼的。」對一個領導者而言，我們倒不希望聽到這樣的話：「我是做了領導者，才知道怎麼做領導者的。」

附篇四　我們需要均衡的幹才

現代人在選取理想幹部時，最常用的術語是「均衡」二字。均衡代表著對一個人的綜合評斷。才質均衡的人冷靜穩重，不偏不倚，或許未具專才的雄圖大略，卻絕無獨斷霸氣之習。因此，專才固難尋覓，卻不一定受用；有均衡之質的人看似不少，真能具均衡之實的，恐也是萬中才能挑其一。均衡指的是各種條件都具足而穩定，並且不隨意顯露鋒芒。以常用的話來說，就是實在。

謹慎圓滿　言行一致

一個實實在在的人，不會投機取巧，不懂夤緣附會，在傾向權變機詐的現代而言，有時會吃虧，有時也不容易表現出特色，但是「日久見人心」，唯有踏實、平實的為人處事，才是團隊能穩定進步的基礎，則為大家所公認。

一位均衡的領導者，流露出的風格應該是謹慎二字，就是無論處在何種情況，都能非常細心地處理公私事務，求得圓滿和諧；有人將之引申為謹言慎行，頗能映照出均衡的外在表現。

謹慎不代表膽小，而是清楚知道自己要做什麼。謹言慎行同樣不是不說話或是不做事，而是能充分地掌握住自我。在《荀子議兵篇》中我們可以找到貼切的理論架構。

荀子是儒家中討論到個人與群體關係的代表人物，《荀子議兵篇》中記載：「孝成王、臨武君曰：善，請問為將？孫卿子曰：知莫大乎棄疑，行莫大乎無過，事莫大乎無悔，事至無悔而止，成不可必也。」

預防犯錯　檢討犯錯

這段話是古代戰略家臨武君和荀子討論帶兵作戰問題的前半段。意思是帶兵要注意到那些地方？

孫卿子就是荀子，告訴他們：做將領的人要把疑惑不清的事情搞清楚，不要在心裡猶猶豫豫，做事情的時候應事先預防犯錯，以減少過錯，而決定方向之後就往那個方向去做。過去的錯誤要檢討，但是已造成的錯誤不要干擾到現在的心情。

後半段的談話重點在六術的運用，用白話文解釋就是：下達指令要把賞罰交代得清楚，接著準備自己的力量，穩定掌握資源，派兵時要謹慎也要有速度，然後深入而安靜的從多角度觀察敵情，等到交鋒的時候，一定要走我所清楚的路線，而不要嘗試沒有把握的路線。

這六個戰術的涵義，一方面是掌握自己，一方面是對付敵人、應付狀況，統合起來觀察就是「謹慎」二字，就是明白自己在做些什麼。

如果戰時能清楚自己定位和掌握方向的人，在平時也一定能謀定而後動。把謹慎之心發而為外的，就是均衡特質的顯現。

掌握自己　對付敵人

三國人物諸葛亮襄贊軍機，運籌帷幄，妙算高明，料敵如神，史家均稱其一生行事謹慎。孔明熟讀兵書，知曉天下大事，卻並不恃其文才武略而一意孤行。

在「借東風」的故事中，孔明聯吳抗曹，依其天文常識和地理水文的了解，雖在大軍壓境下仍鎮靜如恆，指揮若定，奠定三分天下之局。這種臨危不亂，完全掌控狀況的素養，就是平時能謹慎從事的發揮。

再如「空城計」的鬥智表現，孔明不但能鎮靜如常，欺敵成功，還迫使同樣行事謹慎的司馬懿退兵百里，觀察狀況後誤失了先機，十足說明了謹慎中帶有智慧的表現。

當我們在選用人才的時候，「謹慎均衡」可說是相當重要的條件，從另一個角度觀察，一個做人做事都謹慎均衡的人，或許正是才能具足，有大將之風的自然流露吧。

附篇五　做現代弘毅之士

自古以來，國人以進德修業為立身行事的根本。有機會讀書的，從經師那裡得到濟世報國的學問，也從人師的教誨中，傳承孝悌忠信的根本。

這樣的理念與實踐，成就了「士」的志業與責任。而不管是否接受過正規的教育課程訓練，只要有心向上與向善，任何一個人都能遵循原則，為國家社會的進步奉獻出他的心力。

由此之故，各行各業或是各階層的「意見領袖」，於焉成為統攝溝通的重要角色。

到了現代，教育普及，知識大開，各種資訊流通快速，尤其在平等、自由的浪潮下，各種言論盈庭，雜陳氾濫，幾已難找到共同論點的可能；「意見領袖」權威性也趨於崩解之勢，不得不令人憂心。

士要弘毅　任重道遠

在自省與反思的過程中，不得不讓人重提「士」的角色扮演問題。做為一個受過教育的，也就是昔時所稱的士的人，卻無法了解士的涵意與作為，難怪社會國家會有生病的樣貌。

《論語泰伯篇》中記載：曾子曰：「士不可以不弘毅，任重而道遠。仁以為己任，不亦重乎，死而後已，不亦遠乎。」把讀書人的志節闡釋得非常清楚，只要稍具些國文基礎的人，都能懂得。

這一個章節明白指出：士能弘毅，任重道遠。也就是勉勵讀書人要能履行所負的社會責任，並且要恢弘志氣、剛毅行事，做社會表率，為國家棟樑。

正因為讀過書、受過教育的人可以理解書中的道理，並發而為用，所以對讀書人的要求也遠比一般人來得高，尤其精神修養更是重要。

換句話說，不僅求內在的自律自持，也藉外在的磨難堅苦其志，而由內、外在的交相影響，把讀書人的風骨和責任發揮得淋漓盡致。

歷史上不乏讀書人匡濟天下的實例，中華民國之所以肇建，亦完全由當時受過教育的青年人拋頭顱、灑熱血以成。孫中山先生領導國民革命，屢仆屢起，終底於成，這種毅力與恆心，正是一個讀書人弘毅而任重道遠的寫照。

養天地正氣　法古今完人

孫先生常書：「養天地正氣・法古今完人」，千古傳誦，這即是做一個「士」的理想目標，證諸孫先生「做大事而不做大官」，於開國後僅願做一規劃全國交通計畫之負責人，可見一斑。

哲人日已遠，典型在夙昔。當我們都有機會接受現代化教育的洗禮，並且在民主自由國度成長時，「士」的理念和實踐，更應落實在每個人的心上及行為之中。

從對「士」的探討，我們可接觸到中華文化博大精深的一面。其實文化即生活，文化與生命原是不可分的一體，有人的活動，就會有文化的存留與文明的演進。

文化的主體既是人，所以中華文化最燦爛光輝的一頁，即是中國思想史「人文化成」精神的流布，這可從主客兩方面加以觀察。

去偽存誠　提升潛能

一方面是歷來思想家都對「人」這個主體充滿信心，認為人生而具有善的秉賦，有良知良能，也認為經由教育或其他途徑，可以去偽存誠，成就完美人格。另一方面則認為，宇宙對於人而言，具有加以轉化、提升的潛力，所以人可以「上下與天地同流」，即不受客觀條件的限制，反而能以其無限的潛能來轉化客觀條件的相悖。

無論是心靈改革或是腦內革命，我們都需要以中華文化為其根本。在科技日新月異、網路無遠弗屆的年代，文化才是發展的主軸。明乎此，我們才不會被物所役，被欲所執。

明末大儒顧炎武在滿清入關時，曾說：「有亡國，有亡天下。國亡猶可復興，天下興亡，匹夫有責。」意思是說：政權的失敗可以再起，文化的興亡卻是每一個人、每一個家到全民族的責任。

誠哉斯言，深值惕勵。

國家圖書館出版品預行編目

雜誌人語 / 胡鼎宗著. -- 臺南市 : 胡鼎宗,
2025.04
面； 公分
ISBN 978-626-01-3998-8(平裝)

863.55 114004028

雜誌人語

作　　者／胡鼎宗
封面設計／方冠舜
出　　版／胡鼎宗
編輯完稿／方冠舜
製作銷售／秀威資訊科技股份有限公司
114 台北市內湖區瑞光路76巷69號2樓
電話：+886-2-2796-3638
傳真：+886-2-2796-1377
網路訂購／秀威書店：https://store.showwe.tw
博客來網路書店：https://www.books.com.tw
三民網路書店：https://www.m.sanmin.com.tw
讀冊生活：https://www.taaze.tw

出版日期／2025年4月
定　　價／320元